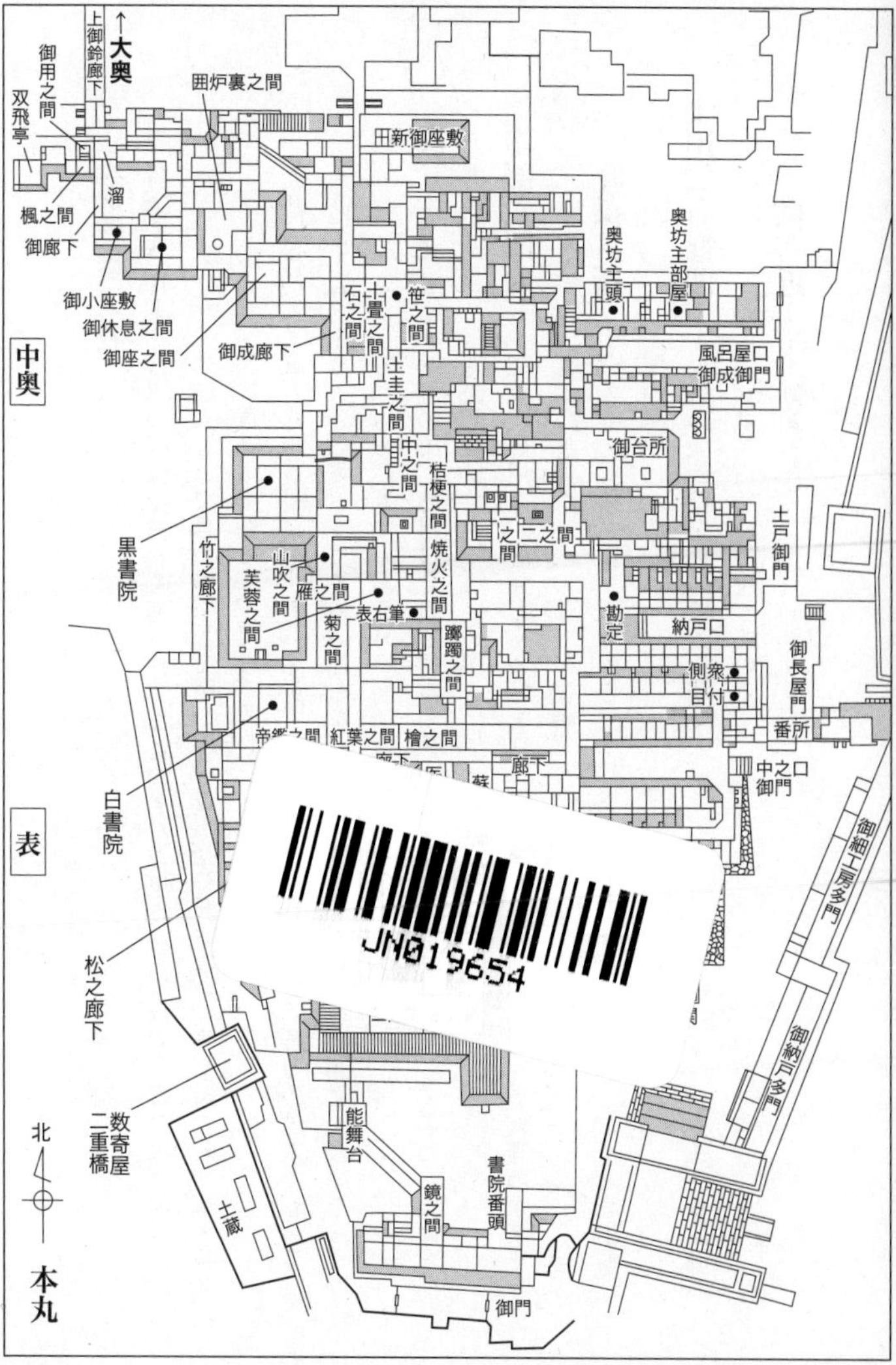

↑大奥
上御鈴廊下
御用之間
双飛亭
囲炉裏之間
新御座敷
溜
楓之間
御廊下
御小座敷
御休息之間
御座之間
御成廊下
石之間
十畳之間
笹之間
奥坊主頭
奥坊主部屋
風呂屋口御成御門
中奥
土圭之間
中之間
桔梗之間
御台所
黒書院
竹之廊下
山吹之間
芙蓉之間
雁之間
焼火之間
一之間
二之間
土戸御門
菊之間
表右筆
躑躅之間
勘定
納戸口
御長屋門
側衆
目付
番所
帝鑑之間
紅葉之間
檜之間
廊下
中之口御門
白書院
表
御細工房多門
松之廊下
御納戸多門
能舞台
数寄屋
二重橋
北
書院番頭
鏡之間
土蔵
御門
本丸

主な登場人物

矢背蔵人介……将軍の毒味役である膳奉行、またの名を「鬼役」。お役の一方で田宮流抜刀術の達人として幕臣の不正を断つ暗殺役も務めてきたが、指令役の若年寄・長久保加賀守に裏切られ、自ら成敗した。

矢背志乃……蔵人介の養母。洛北の八瀬童子の首長の家の血を引く。薙刀の達人でもある。

矢背幸恵……蔵人介の妻。徒目付の綾辻家から嫁いできた。蔵人介との間に鐵太郎をもうける。弓の達人でもある。

綾辻市之進……幸恵の弟。徒目付として旗本や御家人の悪事・不正を糾弾してきた。柔術と捕縄術に長けている。

串部六郎太……矢背家の用人。悪党どもの臑を刈る柳剛流の達人。元長久保加賀守の家来だったが、悪逆な主人の遣り口に嫌気し、蔵人介に忠誠を誓う。

叶孫兵衛……蔵人介の実の父親。天守番を三十年以上務めた。天守番を辞したあと、小料理屋の亭主になる。

土田伝右衛門……公方の尿筒役を務める公人朝夕人。その一方、裏の役目では公方を守る最後の盾。武芸百般に通暁している。

橘右近……小姓組番頭。

鬼役 四
遺恨

月盗人

一

目安箱《めやすばこ》が盗まれた。

「薄明《はくめい》じゃ、番士《ばんし》ふたりは薬で眠らされておった。賊は痕跡《こんせき》ひとつのこさず、霧の底に消えたのじゃ」

橘《たちばな》右近《うこん》は白い鬢《びん》を震わせ、苦しそうに咳《せ》きこむ。

冬至《とうじ》も近いというのに、今朝の内濠《うちぼり》周辺は深い霧につつまれていた。

一日がめぐって今は真夜中、闇一色の江戸城内は水を打ったように静まりかえり、橘もさすがに声を落とした。

「信じられるか、御箱が盗まれたのじゃぞ」

まさに前代未聞の一大事と激昂《げきこう》してみせる橘は、還暦を疾《と》うに超えた老臣である。丸眼鏡は鼻からずり落ち、入れ歯はがちがち鳴っていた。動揺はあきらかだ。怒りで真っ赤に染まった顔はまるで、縄張りを侵された野猿のようだ。

四千石《ごく》取りの猿か。

近習《きんじゅう》を束ねる小姓組番頭《こしょうぐみばんがしら》といえば職禄四千石、旗本《はたもと》役としては最高位にちかい。

矢背蔵人介《やせくらんどのすけ》は貧相な猿顔の老臣を眺め、わが身の不遇におもいを馳せた。おなじ旗本でも自分は二百俵取りの膳奉行《ぜんぶぎょう》、奉行とは名ばかりの毒味役にすぎぬ。公式行事では布衣《ほい》も赦《ゆる》されず、魚の小骨があやまって公方家斉《くぼういえなり》の咽喉《のど》に刺さっただけでも斬罪を免れない。

毒にあたるか、腹を切らされるか。

どっちにしろ、いつ死んでもおかしくない役目なので「鬼役」などと呼ばれ、三日にいちどまわってくる出仕のおりは、首を抱いて帰宅する覚悟を決めていた。

神経の磨《す》りへる役目にしては、待遇がわるすぎる。それでも文句ひとつ言わず、二十年余りも忠勤に励んできた。気づいてみれば四十のなかば。若い時分は見目の良い容貌と褒《ほ》められたものだが、いつのころからか、表情の乏《とぼ》しい能面《のうめん》のような顔になった。

蒼白《あおじろ》く瘦《こ》けた頰、ほとんど瞬《まばた》きしない切れ長の眸子《まなこ》、真一文字に結ばれた薄い唇《くち》もと。毒味を長年つづけると、こんな顔になるらしい。

城内には「鉄面皮《てつめんぴ》」と呼ぶ者もあった。

対面する者はみな、例外なく、冷酷な印象を受けるという。

切ないはなしだ。

「由々《ゆゆ》しき事態じゃ。これはきっと、わしの失脚を狙った者の仕業《しわざ》に相違ない」

橘という人物は派閥の色に染まらず、御用商人から賄賂《わいろ》を受けとったためしもない。反骨漢《はんこつかん》にして清廉《せいれん》の士、幕閣《ばっかく》に据えられた重石《おもし》のごとき存在だった。公方の信頼も厚く、城内では「目安箱の管理人」とも評されている。

目安箱の管理人が目安箱を盗まれては洒落《しゃれ》にもならない。

「おい、聞いておるのか」

丸眼鏡を曇らせた橘が、ぐっと顎《あご》を突きだしてきた。

「御箱は下々の願いを吸いあげる便法《べんぽう》、将軍家の善意じゃ。不逞《ふてい》の輩《やから》は御上《おかみ》の権威をないがしろにしたばかりか、上様のお顔に泥を塗りおった。わしが生きてきたなかで、これほどの屈辱もない。許しがたい所業《しょぎょう》じゃ」

目安箱の目安とは願い書のことだ。銅板の蓋《ふた》をかぶせた箱の大きさは二尺五寸(約七六センチ)四方、江戸城辰ノ口《たつのくち》の評定所《ひょうじょうしょ》門前に設置されている。身分性別を問わず、将軍への直訴をおこなう手段のひとつだった。目安箱の制度は吉宗《よしむね》の御《み》代《よ》から営々とつづいており、箱が盗まれた前例は一度もない。

盗んだところで、得るものなどひとつもないのだ。

御金蔵《おかねぐら》を破ったほうがよほどましではないかと、蔵人介はおもう。

「くっ、胃袋が疼《うず》きよる」

橘は白い粉薬を口にふくみ、ぶはっと吐きだした。

粉だらけになった丸眼鏡をはずし、袂《たもと》でごしごし拭きはじめる。

ふたりが対座するのは江戸城中奥《なかおく》、楓之間《かえでのま》の壁裏。存在を厳重に秘された御用之間にほかならない。広さは四畳半、一畳ぶんは黒塗りの御用簞笥《だんす》が占め、息苦しいほどに狭く感じられる。

簞笥のなかには公方直筆の書面、目安箱の訴状などが保管されてあった。

御用之間は、歴代の将軍たちが極秘の政務にあたった隠し座敷なのだ。

楓之間に踏みこむと、芝居仕掛けのがんどう返しさながら、正面の黄ばんだ壁がひっくりかえる。緊急時は避難場所ともなるからくり部屋だが、不真面目な家斉は在位四十五年のあいだ、いちども足を運んだことがない。公方に代わって橘が部屋を管理しており、雑巾掛けも煤払《すすはら》いも自分でやるのだと胸を張る。

城内外で厄介事《やっかいごと》があると、蔵人介はかならず、この隠し部屋に呼びだされた。やって来るのも命懸けだ。鬼役の控える笹之間《ささのま》からは遠く、公方が朝食をとる御休息之間《ごきゅうそくのま》の脇から長い御渡《みわたり》廊下を抜け、さらに奥まですすまねばならない。御渡廊下をまっすぐに抜ければ上御錠口《かみのおじょうぐち》、そのむこうは大奥《おおおく》である。厳しい見張りの目を盗み、足を忍ばせねばならぬのだ。

大奥の麗《うるわ》しい姫君を訪ねるのならまだしも、相手は歯抜け爺《じじい》である。

呼びつけるのはやめてほしいと、蔵人介は心底から願っていた。

座ったまま身を屈《かが》めると、小窓のむこうに坪庭《つぼにわ》がみえる。

朽《く》ち葉《ば》が、掃かれることもなく堆積《たいせき》していた。

「おぬし、どうおもう」

「珍事でしょうな」

「それだけか。ふん、鬼役づれが他人事《ひとごと》のような顔をしくさりおって」

「この顔、お気に召されませぬか」

「ああ、気に入らぬ」

「されば、金輪際《こんりんざい》、お呼びたてなされますな」

「口答えいたすのか」

「いけませぬか。そもそも、拙者《せっしゃ》は橘さまの配下ではござらぬ」

「まあ、そう尖《とが》るな」

正直、目安箱が盗まれようが焼かれようが、知ったことではない。

「御箱が盗まれたことは厳重に秘さねばならぬ。御上の沽券《こけん》に関わるはなしじゃからの。よいか、この件はくれぐれも他言無用にいたすのじゃぞ」

「はあ」

生返事をしながら、蔵人介は喋《しゃべ》る相手を選定していた。

養母の志乃《しの》と妻女の幸恵《ゆきえ》、それから用人《ようにん》の串部《くしべ》六郎太《ろくろうた》、この三人は外せない。ちかごろはおもしろい話もないので、少しは楽しんでくれるにちがいない。

「くれぐれも他言無用」と言いふくめ、晩のおかず代わりに教えてやろう。

命懸けで忍んできているのだ。その程度のことは大目にみてもらおう。

橘は顎を突きだし、予想していたとおりの台詞《せりふ》を吐いた。

「よいか、不逞の輩をみつけだし、罰するのじゃ」

古狸《ふるだぬき》め。無理な要求をしてくる。

海千山千の橘は、蔵人介の秘された過去を知っていた。

――幕臣どもの悪事不正を一刀のもとに断つ。

今は亡き養父信頼《のぶより》から継がされた暗殺御用のことだ。

毒味役は表の顔、裏にまわれば慈悲とは無縁の人斬りにすぎぬ。

養父の代からつづいた影の差配役は、次期老中《ろうじゅう》と目された若年寄《わかどしより》の長久保加賀《ながくぼかがの》守《かみ》であった。が、それは一年と八カ月前までの話だ。加賀守自身が悪党の親玉と判明し、蔵人介はみずからの手で飼い主を葬った。

爾来《じらい》、裏の役目は消滅したはずであったが、事情を知る老臣がひとりあらわれた。目の前に座る橘右近である。

蔵人介は古狸の橘から、刺客《しかく》にならぬかと誘われていた。

何度か拒んではきたものの、橘も容易にはあきらめない。

厄介なことに、金銭や地位ではなく、正義を振りかざそうとする。正義のもとに悪党を断罪すべく、もうひと肌脱がぬかと、蔵人介の弱い部分を巧みについてくる。

正義という二文字ほど、胡散《うさん》臭いものはない。だが、惹きつけられる響きであることもたしかで、事実、正義という旗印のもとで死ねるとおもっていた時期が長くあった。

が、所詮は人斬り稼業にすぎぬ。騙《だま》されてたまるか。

「拙者にはできませぬ」

「なんじゃと」

「だいいち、拙者は探索方ではござらぬ」

「探索は別の男がやる」

「公人朝夕人《くにんちょうじゃくにん》でござりまするか」

「さよう。公人朝夕人がみつけた下手人を、おぬしがどうにかせい」

「どうにかとは」

「闇から闇へ葬るのじゃ」

「無理を仰《おつしゃ》いますな」

「できぬと申すのか」

「無論でござる」

「強情なやつめ。ふん、まあよい。ともかく、用件は伝えたぞ。おぬしは幕府の危急存亡を黙って見過ごすような男ではない。なにせ、この橘右近が見込んだ男じゃからの。それに、以前にも言うたが、矢背家には剣をもって徳川《とくがわ》家に仕えねばならぬという家訓があるはず。ふふ、ともあれ、期待しておるぞ」

「困ります」

「それ以上は言うな。さがってよいぞ」

橘は横をむき、口を閉じた。

下手に抗《あらが》うのも得策ではない。古狸がその気になれば、明日にでも御役御免《おやくごめん》の沙汰《さた》を受けることにもなりかねぬ。いくら貧乏旗本とはいえ、傘張りをしながら口を糊《のり》する浪人者よりはまし、志乃や幸恵や一粒種の鐵太郎《てつたろう》にみじめなおもいはさせたくない。

蔵人介は隠し部屋を辞去《じきょ》し、宿直《とのい》部屋へもどってきた。

「それにしても、世の中には妙なやつがおるな」

熱い茶を呑んでひと息つくと、厄介な虫が疼きだす。

目安箱を盗んだ賊の顔を拝みたくなってきたのだ。

二

宿直の終わった翌日の下城は、たいてい巳《み》ノ四つ（午前十時）頃となる。

矢背家の屋敷は、市谷浄瑠璃坂《いちがやじょうるりざか》を登ったさきの御納戸町《おなんどまち》にあった。納戸方が多く住み、御用達《ごようたし》を狙う商人の出入りもめだつ。それゆえか、「賄賂《まいない》町《ちょう》」などと揶揄《やゆ》される拝領地の一隅に、冠木《かぶき》門を構えた旗本屋敷は建っていた。

「やっ、たっ」

勇ましい掛け声とともに、刃風が唸《うな》りをあげている。

養母の志乃が白襷《しろだすき》に袴《はかま》をつけ、中庭で薙刀《なぎなた》を振っているのだ。

妻の幸恵に着替えを手伝わせながら、蔵人介はにっこり微笑んだ。

「養母上《ははうえ》も精が出るな」

「気の張りようは近寄り難いほどで、じつは困っております」

「何を困ることがある」

「お義母《かあ》さまはお怒りなのです。鐵太郎は往来物《おうらいもの》もきちんと読めず、木刀をまともに振る腕力もない。できのわるい孫をもったものだと、わたくしに愚痴を仰いました」

「ふうん、養母上がそこまで仰ったか」

「よほど業《ごう》を煮やされたのでござりましょう。もちろん、わたくしにもいたらぬところはござります。されど、鐵太郎はまだ七つ。できそこないと詰《なじ》るよりも、とことん褒めてやるのが母の役目と感じております。そう、申しあげたところ、男の子を甘やかしすぎるとろくなことはないと、お義母さまに切りかえされました」

「ふふ、一刀両断にされたわけか」

「笑いごとではござりませぬ。なにせ、鐵太郎は由緒正しい矢背家を継ぐ身、文武に秀でておらねばならぬと、お義母さまは仰います」

「矢背家を継ぐ身か」

わが子ながら、鐵太郎に同情を禁じ得ない。

矢背という姓は、洛北《らくほく》にある八瀬《やせ》の地に由来する。

遥か千二百年前、壬申《じんしん》の乱が勃《お》こった際、天武《てんむ》天皇が洛北の地で背中に矢を射かけられた。この逸話《いつわ》から「矢背」と名づけられた地名が、やがて「八瀬」と表記され、住人は八瀬童子《どうじ》と称されるようになった。

童子とは高僧に従う護法《ごほう》童子や式神《しきがみ》のたぐい、伝承によれば、八瀬童子は不動《ふどう》明王《みょうおう》の左右に侍《はべ》る「こんがら童子」と「せいたか童子」の子孫にほかならず、この世と閻魔《えんま》王宮のあいだを往来する輿《こし》かきの子孫とも、大王に使役《しえき》された鬼の子孫とも謂《い》われてきた。

八瀬の民は鬼の子孫であることを誇り、鬼を祀《まつ》ることでも知られる。集落の一角に築かれた「鬼洞《おにがほら》」なる洞窟には、都を逐《お》われて大江山《おおえやま》に移りすんだ酒呑童子《しゅてんどうじ》が祀られていた。

鬼の子孫であることを公言すれば、弾圧は免れない。住人たちは比叡山《ひえいざん》に隷属《れいぞく》する「寄人《よりうど》」となり、延暦寺《えんりやくじ》の座主《ざす》や高僧、ときには皇族の輿も担ぐ「力者《りきしや》」となった。戦国の御代には禁裏《きんり》の間諜《かんちよう》となって暗躍し、闇の世では「天皇家の影法師」と畏怖《いふ》され、絶頂期の織田信長《おだのぶなが》でさえ闇の族《うから》の底知れぬ力を懼《おそ》れたという。

矢背家は、そうした八瀬童子の首長に連なる家柄であった。が、今や禁裏とは無縁の幕臣、それも吹けば飛ぶような毒味役の地位に甘んじている。

――何の因果か、鬼の子孫が鬼役になった。

というのが、溜息といっしょに洩らされる志乃の口癖だ。

蔵人介は養子である。天守番《てんしゅばん》を務める御家人《ごけにん》の家に生まれ、生まれてすぐに母が亡くなったため、男手ひとつで育てられた。十一歳で矢背家の養子となり、十七歳で跡目《あとめ》相続を容認され、二十四歳のときに晴れて出仕《しゅっし》を赦された。十七から二十四にいたる過酷な修行のなかで、養父に「鬼役」のいろはを叩きこまれたのだ。

志乃は子を授からず、鬼役の血を引く矢背家の血脈は途絶えることとなった。幸恵は徒目付《かちめつけ》の綾辻《あやつじ》家から娶《めと》った女性《にょしょう》なので、鐵太郎にも鬼の血は流れていない。

それならば、敢えて矢背家の重い歴史を背負わせることもなかろうと、そんなふうにも思うのだが、志乃はけっして許すまい。

「幸恵よ、鐵太郎を恥じることはないぞ。文武に秀でておらずとも、鬼役は務まる。酒が少し呑めて、胃袋さえ丈夫ならばな」

「そっくりそのまま、お義母さまに強意見《こわいけん》なさってくださりませ」

「え」

「できますまい。おまえさまはお義母さまのまえでは、借りてきた猫も同然。傍《はた》で眺めていると、焦《じ》れったいやら情けないやら」

「なんだと」

怒鳴りたいところをぐっと抑え、蔵人介は部屋を出た。

「やっ、たっ」

あいかわらず、勇ましい掛け声が聞こえてくる。

志乃は薙刀の名手なのだ。若い時分は雄藩《ゆうはん》に請《こ》われ、別式女《べっしきめ》として奥向きに武芸を指南していた。

刃風を唸らせているのは、矢背家伝来の「鬼斬り国綱《くにつな》」であろう。御先祖が天皇家より下賜《かし》された家宝にほかならない。

「そい……っ」

凄まじい気迫につづき、雷鳴が轟《とどろ》いた。

天を見上げても、雷雲は流れていない。

白鉢巻きの志乃が、汗みずくで庭に立っている。

縁側に張りだした軒を、薙刀で粉砕したのだ。

地べたには、木片が散らばっている。

「へや……っ」

志乃は頭上に薙刀を旋回させ、こんどは雨戸を斬りさげた。

「うわっ」

蔵人介はおもわず、頭を抱える。

「養母上、何をなされます」

志乃は不敵な笑みを浮かべ、間髪《かんはつ》容《い》れず、別の雨戸を袈裟《けさ》懸《が》けに斬った。

「養母上、物狂いなされたか。おやめくだされ」

「黙らっしゃい」

あくまでも気高《けだか》く、凜《りん》とした物腰だ。

蔵人介は怖《お》じ気《け》づき、ことばを失った。

「わたくしは腐った雨戸を斬ったまで。蔵人介どの、明日じゅうに軒と雨戸をすべて交換しなされ」

「は」

返事はしたものの、交換するには費用が掛かる。貧乏旗本にとっては莫迦《ばか》にならない金額だった。が、志乃はまったく気にしない。金に無頓着《むとんちゃく》なのだ。

「よろしい、今日はこのくらいにしておきましょう」

志乃は石突《いしづ》きで地面を叩き、立ったまま汗を拭った。

目尻の皺《しわ》は深いものの、品格を感じさせる福々しい横顔だ。

「蔵人介どの、鐵太郎に優秀な儒者《じゅしゃ》をつけなされ」

「はあ」

「はあではありませんよ。今の調子では先が思いやられます。それから、道場にもかよわせねばなりません。玄武館《げんぶかん》とか練兵館《れんぺいかん》とか、流行の道場ではいけません。武士の根本を叩きこんでいただけるところ。そうですね、尾張《おわり》家の柳生《やぎゅう》道場あたりがよいかもしれません」

「あそこは無理です。尾張藩の子弟でなければ」

「束脩《そくしゅう》をはずめば、もぐりこめるはずです」

「そういうものでしょうか」

「子の学びにお金を惜しんではいけませんよ」

「はあ」

言いたいことだけ言い、志乃は国綱を引っさげて仏間へさがった。

蔵人介は頭を抱えた。矢背家の家計は火の車なのだ。

下男の吾助《ごすけ》がこぢんまりとした菜園で胡瓜《きゅうり》や菜っ葉や豆や茄子《なす》などを育て、秘かに売りに歩いている。それほど、逼迫《ひっぱく》していた。鐵太郎の学びに掛ける余分な金はない。にもかかわらず、志乃は昼餉《ひるげ》と夕餉の際、おなじ話題をもちこんだ。

「鐵太郎は怠け者です。いったい、誰に似てしまったのか」

ぎろりと睨《にら》まれ、蔵人介は口をぱくつかせた。

幸恵は沈黙をきめこみ、鐵太郎は半べそを掻《か》いた。

仕舞いには「そんな調子では、矢背家を継がせられない」という止《とど》めの台詞を放たれ、可哀相に鐵太郎は、食事もそこそこに縁側の書見台《しょけんだい》にむかわされた。

夜空には、丸味を帯びた月が出ている。

月は冴え冴えと庭を照らし、往来物を素読する声が夜更けまで響いていた。

褥《しとね》にはいってからも、蔵人介は幸恵にねちねちと責めたてられた。

「なんとかしていただけませぬか。あんなふうに叱られたら、鐵太郎もやる気をなくしてしまいます。あたまの良し悪しではなく、要はやる気なのです」

「わかっておる」

「いいえ、わかってなどおられませぬ。おまえさまは家長であるにもかかわらず、お義母さまに何ひとつ、口答えできぬではありませぬか」

幸恵もずいぶん変わった。実父は曲がった道も四角に歩く徒目付、忠義一筋の武《ぶ》辺者《へんしゃ》で鳴らした人物だ。祝言にあたって「白無垢《しろむく》は死出《しで》装束《しょうぞく》と心得よ。他家へ嫁いだ以上、親の死に目にも、もどってはならぬ」と、娘に告げた。

嫁いできたころの幸恵は、ふっくらとしたおとなしい娘だった。ところが、鐵太郎を産んで五年ほど経過したころから、急に顎の線が鋭くなった。肌の白さと肌理《きめ》のこまかさだけは変わらぬものの、健気《けなげ》な嫁を演じつづけたころの面影は微塵《みじん》もない。

志乃にたいしても、このごろはずけずけとものを言う。

ただし、鐵太郎の件では強く出られないらしい。

志乃の指摘は大筋で当《つ》たっていた。

蔵人介は溜息を吐くしかない。

「話は明日にしてくれ」

やがて、幸恵の寝息が聞こえてきた。

いっこうに寝付けず、ふと耳を澄ませば、庭で蟋蟀《こおろぎ》が鳴いている。

「季節はずれの蟋蟀か。ふん、古い手を使いやがって」

褥からむっくりと起きだし、静かに障子戸を開ける。

廊下を端まで歩み、腐りかけた雨戸を開け、塀際の暗がりに目を凝らす。

何者かの気配が立った。

「やはり、おぬしか」

「お気づきになられましたか」

公人朝夕人の土田伝右衛門《つちだでんえもん》、公方の尿筒持《しとづつも》ちだ。

公方が外出先の駕籠《かご》などで尿意を告げたとき、いちもつを摘《つま》んで竹の尿筒をあてがう。それが表の役目。裏の役目はほかにある。十人扶持《ぶち》の軽輩《けいはい》にすぎぬものの、武芸百般に通暁《つうぎょう》しており、万が一のときは公方を守る最大にして最強の盾となる。

小姓にも素姓を知る者はおらず、飼い主の橘右近だけが承知していた。

「目安箱を盗んだ不埒者《ふらちもの》、おおよその見当がつきました」

「ほう」

「強敵でござる」

「何者だ」

「ふふ、それを聞いたら、手を引けなくなりますぞ」

「なら、聞かぬ」

「よろしいのですか」

「ああ、人斬りの手伝いはごめんだ。おぬしひとりでなんとかなろう」

「困りますな。拙者の役目は探索のみ。人斬りはやりませぬ」

「抜かせ。何人も斬ってきたであろうが」

「明朝、ともに発っていただきます。行き先は千住宿《せんじゅしゅく》」

「なんだと」

「道々、詳しくお教えいたしましょう。それから、従者の串部六郎太どのをお連れしても構いませぬよ」

「ふん、行くときめたわけではないぞ」

「おっと、忘れるところでした」

「なんじゃ」

「石燈籠《いしどうろう》のなかに、おあしを入れておきます。路銀《ろぎん》におつかいくだされ。では」

くくっと鳥が囀《さえず》るような笑いをのこし、気配は消えた。

石燈籠のなかを探ると、ずっしりと重い包みが隠してある。

袱紗《ふくさ》を開けると、三十両ばかり入っていた。

「ちっ、足許をみおって」

蔵人介は苦笑し、冷えきった褥へもどっていった。

三

江戸に初雪が降った。

「寒《かん》の入りか」

「運が良いのか悪いのか、どちらでしょうな」

蟹《かに》のような体軀《たいく》の供侍《ともざむらい》が、ぶるっと肩を震わせた。

串部六郎太、臑《すね》斬りを得意とする柳剛《りゅうごう》流の達人だ。

蔵人介の秘された過去を知ったうえで、忠節を誓っている。

見掛け同様、無骨《ぶこつ》な男だ。

巳ノ四つ半（午前十一時）を過ぎ、千住宿は指呼《しこ》の間《かん》にある。

江戸市中は「椋鳥《むくどり》」と呼ばれる出稼者《でかせぎもの》で溢《あふ》れかえっていたが、陸奥《むつ》から通じる街道筋もたいそうな賑《にぎ》わいだった。

「かの公人朝夕人、街道をともに歩くと申しておきながら、千住宿の旅籠《はたご》で落ちあおうなどと伝えてきおって。殿、あやつは礼儀を知らぬ男でござるな」

「まあ、よいではないか。それほど、慎重に構えねばならぬ敵なのだろうよ」

「ふふ、なにやら血が騒ぎますな」

「おいおい、まだやると返答したわけではないぞ」

「千住くんだりまでやってきて、いまさら何を躊躇《ためら》っておられます。とどのつまり、殿は裏のお役目から逃れられぬのでござるよ」

串部の指摘するとおり、血に染まった過去を消しさることはできない。

それよりも厄介なのは、悪党退治と聞いて胸の疼きがとまらぬことだ。

正義の衣を纏《まと》い、人の命を断つ。役目を重ねるうちに罪の意識は薄れ、課された密命を無事にやり遂げた満足だけがのこる。ともすれば、人斬りの業《ごう》を背負っても、平然としていられるようになってしまうのだ。

「殿、あまり深くお考えなされますな」

「そうだな」

「ほら、千住大橋がみえてまいりましたぞ」

さすがに、四宿《ししゅく》のひとつだけあって、街道筋の賑わいはかなりのものだ。奥州《おうしゅう》道の起点でもある千住宿は千住町、小塚原町《こづかっぱらまち》、中村町《なかむらまち》、掃部宿《かもん》、河原町《かわらちょう》、橋戸町《はしどちょう》からなり、荒川を挟んで二十二町《ちょう》半（約二・五キロ）にもわたって、百を超える旅籠が軒を並べている。規模は品川《しながわ》、内藤新宿《ないとうしんじゅく》よりも大きく、茶店や酒楼もあれば色街もあった。旅籠には数多《あまた》の飯盛女《めしもりおんな》が置かれ、色事目当てに訪れる客も多い。

ふたりは荒川を渡り、左手の西新井《にしあらい》大師道をすすんだ。

指定された『葭屋《よしや》』なる旅籠は、灰色に沈んだ川面をのぞむ土手際に佇《たたず》んでいた。

「見栄えのせぬ旅籠ですな」

串部は文句を吐きながらも、周囲に目を配った。

怪しい人影はない。

暖簾《のれん》をくぐって水で足をすすぎ、宿帳を手にした手代《てだい》に問えば、先客が二階奥の間で待っているという。

さっそく部屋を訪ねてみると、公人朝夕人の伝右衛門が旅装も解かずに待ちかまえていた。

「おいでなされましたな。ごゆるりとなされるがよい。湯でも浴びているあいだに、昼餉の仕度をさせておきましょう」

「気遣いにはおよばぬ。まずは、千住くんだりまで呼びつけた理由を訊こう」

「あれでござる」

伝右衛門は窓際まですすみ、川向こうを指差した。

流れの夙《はや》い川に沿って、大名屋敷の高い塀が聳《そび》えている。

「仙台《せんだい》藩の御屋敷にござります」

「ほほう。すると、目安箱を盗んだ輩は伊達《だて》家に関わりがあるのか」

「その確証を得るべく、ご足労《そくろう》いただきました」

「よし、詳しくはなしを聞こうか」

「されば」

伝右衛門はにやりと笑い、調べあげた内容を語りはじめた。

伊達家仙台藩の藩主は、第十二代斉邦《なりくに》である。聡明《そうめい》な殿さまとの評もあるが、まだ十七歳、東北の雄藩を率いる力量は期待できない。藩政は重臣の合議によっておこなわれ、百姓から余剰米を買いあげて江戸へ転売する「買米《かいまい》仕法」など独特の施策が講じられてきた。

努力の甲斐《かい》あって仙台米は江戸で高級米の代名詞となり、藩に莫大な利益をもたらした。が、米の収穫は天候に大きく左右される。なかでも「御領内の者三十万人も死に候哉《そうろうかな》」と記録された天明《てんめい》の大飢饉《だいききん》は藩財政を逼迫させ、蓋を開けてみれば仙台藩の台所は火の車と化していた。

「借財は七十万両にのぼるとも噂されております」

「想像もできぬ額だな」

「ところが、ひとり潤っている御用商人がござる」

塩竈《しおがま》に拠点をおく『鯨屋《くじらや》』なる廻船《かいせん》問屋だ。

なんらかの方法で巨利を得、伊達家に仕える重臣の一部と結託し、幕閣の面々へもせっせと賄賂をおくりつけてくる。貸金によって藩への影響力を増大させながら、雄藩の藩政を裏から操ろうとしているというのだ。

「鯨屋は、とある重要な品を清《しん》国へ売り、巨利を得ております。さる者からこの訴えがあり、大目付《おおめつけ》が動いておりました」

「目安箱が盗まれたことと、いったい、どういう関わりがある」

「盗難のあった前日、御箱に訴えを出した者たちを調べましたところ、細居宣弥《ほそいのぶや》なる神官がおりました」

「神官の直訴とは、めずらしいな」

「塩竈にある勇魚《いさな》神社の神官にござります。じつは、その神官こそが鯨屋の悪事を訴えた張本人」

「なに」

「そこで、双方が繫《つな》がったのでござる」

細居宣弥なる神官は悪徳商人の不正を糺《ただ》すべく、目安箱に訴えるという最終手段に打って出た。

これを阻《はば》むべく、影の者たちが動いた。

しかしながら、神官の行為を阻むことはできなかった。ために、敵は訴状のはいった目安箱そのものを盗むという暴挙に出たという。

「それが大筋か。信じられぬな」

溜息を吐く蔵人介に、串部も同調する。

「訴状が上様の目に触れれば、藩の存亡にも関わってくる。それだけの内容かどうかは、神官を捕らえて吐かせればわかることだ」

伝右衛門は、ひょいと片眉を吊りあげた。

「それができれば苦労はござらぬ」

「と、言うと」

「訴えと同時に、消息を絶ちました。もはや、生きておらぬかも」

「なるほど、それでおぬしが乗りだささねばならなくなった。殿まで巻きこんでな」

不敵な笑みを洩らす串部から、伝右衛門は目を逸らす。

「もっとも、鯨屋の不正に関しましては、大目付のほうである程度の調べはすすんでおりました」

「ほう」

「されど、仙台領内に潜入した御庭番《おにわばん》が斬られ、肝心なことはわからず仕舞い」

「ちょっと待て」

おもわず、蔵人介が膝を乗りだした。

「御庭番を斬るとは、尋常ならざる相手だな」

「仰せのとおり、敵は御庭番を斬るほどの手練《てだれ》にござります。確証はござりませぬが、黒脛巾組《くろはばきぐみ》の残党ではないかと」

「黒脛巾組とな」

「はい」

諸侯《しょこう》乱立の戦国時代、伊達家子飼いの忍びとして暗躍した者たちのことだ。

伊賀《いが》甲賀《こうが》忍群や上杉《うえすぎ》の軒猿《のきざる》などとともに、広く名を知られた忍びであったが、天下泰平《たいへい》の世となって消滅したと伝えられていた。

「忍びは用なしとなり、厄介者《やっかいもの》として捨て扶持を与えられるか、芥《あくた》のように捨てられました。されど、強固な意志を保った連中は命脈を保ち、いまだ暗躍している節がございます」

「それを調べようというのか」

「はい」

江戸における大目付の探索は、ふたつの道筋で途絶えた。

ひとつは汐留《しおどめ》にある鯨屋の江戸店《だな》、もうひとつが千住にある仙台藩の屋敷だ。

「仙台藩は江戸に藩邸を数多く抱えておりますが、千住の屋敷が国元から江戸入りする際の根城《ねじろ》となります。いわば砦《とりで》のようなもの。黒脛巾組の拠点もきっと、あのなかに」

「橘さまはいつになく焦っておられるようだな。雄藩相手に勝負を挑むおつもりか」

「御意《ぎょい》」

「されど、われら三人ではどうにもなるまい。相手は六十二万石ぞ」

「抜け荷のからくりを暴けば、悪党どもは芋蔓《いもづる》のように引きずりだされましょう。ひいてはそれが膿出《うみ》しにもなる。われわれの動きは仙台藩に感謝されこそすれ、恨まれるようなことはひとつもござらぬ」

「ならば訊くが、鯨屋に巨利をもたらす品物とはなんだ」

「わかりませぬ」

「なあんだ、肝心なことがわかっておらぬのか」

「はい。ただ、それは月《つき》と称されておるとか」

「月」

「隠語にござりましょう」

勇魚神社の神官は「月」を盗んだがために、命を狙われるはめに陥《おちい》ったという。

「おそらく、それが悪党どもの不正を暴く動かぬ証拠《あかし》となりましょう」

「月か」

蔵人介は川面に目を落とした。

雪は音もなく降りつづいている。

脳裏には、いちど訪れたことのある塩竈湊《みなと》が浮かんでいた。

東廻り航路の中継地でもあり、蝦夷《えぞ》の俵物《たわらもの》を積んだ大型船も数多く寄港する。

今の季節、湊は凍りついているのではなかろうか。

漁船に乗って沖の青海原へ出てみれば、抹香鯨《まっこう》の群れが潮を吹きながら悠々と泳いでいるにちがいない。

勇魚とは鯨のことだ。

塩竈に鯨を祀る神社があると聞き、蔵人介は抹香鯨が尾鰭《おひれ》を波濤《はとう》に叩きつける光景を頭に描いた。

四

湯を浴び、飯を食い、夕刻まで漫然と過ごした。

伝右衛門は動かない。旅装も解かぬまま、じっと川向こうの仙台藩屋敷を見張っている。

誰かを待っているようにも見受けられた。

「おい、どういたす。このままでは埒《らち》があかぬぞ」

串部は業を煮やし、動かぬ背中を叱りつける。

抑揚《よくよう》のない声が返ってきた。

「串部どの。暮れ六つ（午後六時）まで、いましばらくお待ち願おう」

「何を待つ」

「人が訪ねてまいりまする。おふたりにご足労願ったのは、その者に引きあわせたいがため」

「誰だ」

「それは会ってからのお楽しみに」

仲間を屋敷に潜りこませているらしい。

雪は熄《や》んだが、川は灰色に濁っている。

暮れ六つの鐘が鳴った。

刻限どおり、旅籠を訪ねてきた者があった。

女。

まだ若い。風体《ふうてい》は町娘だ。

「おそめにござります」

伝右衛門は、娘を蔵人介の面前に座らせた。

「七化《しちば》けの異名をもち、何色にでも染まることができる。ゆえに、おそめなのでござります」

「大目付の探索方か」

「はい」

おそめは三つ指をつき、しおらしく頭をさげた。

肌は白い。目は大きからず、鼻も高からず、美人と言えなくもないが、衆目《しゅうもく》を惹きつけるほどのきわだった特徴はない。どこにでもいそうな町娘だ。

「まだ若いな」

「十五の小娘から七十の老婆まで、演じわけることができまする」

伝右衛門に説かれ、おそめは頰を赤らめた。

そして一瞬だけ、挑むような眼差しをする。

蔵人介は、ごくっと生唾を呑みこんだ。

凄艶《せいえん》とでもいうべき表情と仕種《しぐさ》で、相手の心を鷲摑《わしづか》みにする。これが演技ならば、おそめは天性の役者にちがいない。

「三月ほどまえから、下女として奥向きに潜らせております」

「なるほど」

半月に一度、こうして連絡をとりあい、橘右近を介して大目付の筋へ報告があがる仕組みになっている。

目安箱が盗まれた晩も、ふたりは連絡をとっていた。

すでに、おそめは蔵人介の素姓を承知している。

「矢背さまが居合《いあい》の名人であられることも、御母堂《ごぼどう》さまが薙刀の名手で奥方さまが小笠原《おがさわら》流の弓術を修めておられることも、すべて存じあげております。あの、お訊きしてもよろしゅうござりますか」

「ん、なんだ」

「いちばんお強いのは、やはり、御母堂さままでござりましょうか」

「そうさな。ちかごろは、嫁も黙ってはおらぬぞ」

「うふふ、お殿さまがお屋敷ではいちばん弱くていらっしゃる。ご想像申しあげたとおりのお方で、おそめは安心いたしました」

どう想像していたのかわからぬが、蔵人介は嬉しくなった。

おそめが、じつの娘のようにおもえてくる。

「矢背さま、袖振り合うも多生《たしょう》の縁、躓《つまず》く石も縁の端と申します。なにとぞ、よしなにお願い申しあげます」

「こちらこそ、よろしく頼む」

たがいに礼を交わすのも妙だが、なにやら楽しい。出逢ったばかりだというのに、無邪気に笑う娘を敵中におくことが辛くなってくる。

「では、さっそくご報告が」

おそめは居ずまいを正し、静かに語りだした。

「勇魚神社の神官が捕らえられ、今朝方、息を引きとりました」

「なに、まことか」

「はい」

神官の細居宣弥は昨晩遅く屋敷に連れてこられ、拷問蔵《ごうもんぐら》で厳しい責め苦を受けた。

「盗んだ月の行方を質されたのでしょう」

神官は口を割らず、明け方に逝った。

見張りが交わす会話から、おそめは顚末《てんまつ》を推量してみせる。

蔵人介に代わり、伝右衛門が訊き役にまわった。

「おそめ、目安箱はみなんだか」

「運ばれた形跡はございませぬ」

「されば、拷問の指揮を執った者の姓名は」

「石巻杢兵衛《いしまきもくべえ》、江戸次席家老配下の横目付《よこめつけ》にございます」

「次席家老と申せば、笹川対馬《ささがわつしま》か」

「はい、仙台藩の勝手掛《かってがかり》を兼ねる重臣の束ね役とか。当然ながら、御用商人の鯨屋とも繋がっておりまする」

「なるほど」

伝右衛門は感情を面に出さず、淡々と問いつづけた。

「石巻杢兵衛なる者、黒脛巾組の頭目であろうか」

「そうではない気がいたします」

「なぜ」

と問われ、おそめは睫毛を伏せた。

「石巻は手練に相違ございませぬ。されど、気性の荒いところがございます」

「頭目の器ではないと申すのか」

「はい。あれしきの者に兄が討たれたとはおもえませぬ」

おそめは感情をあらわにし、慌てて頭《こうべ》を垂れた。

「申し訳ございませぬ。つい、取り乱してしまいました」

蔵人介は伝右衛門を睨み、説明を促した。

「どういうことだ」

「仙台にて斬殺された御庭番は、姓名を倉木桃之進《くらきもものしん》と申しました。おそめは、倉木の妹にございます」

ほかに兄弟姉妹はおらず、両親もいないという。

ふたりは幼少のころ縁者に引きとられ、足軽《あしがる》長屋で寄りそうように育った。

「私怨が絡んでおったか」

「いいえ、断じて」

ないと言いきり、おそめは口を尖らせる。

「矢背さま、誤解なされなきよう。これはお役目にございます」

「わかった。されど、納得できぬ」

「ご覧ください」

おそめは、懐中から折りたたんだ紙片を取りだした。

「それは」

「兄の遺言にございます」

「ん、読んでもよいのか」

「はい」

「どれ」

畳にひろげた紙片には「そうじより、たいそう、けいがん、ほうとうをへて、ごくらくへむかえ」と、仮名で書かれている。

「謎かけのようだな、意味は」

「わかりませぬ。矢背さまなら、おわかりになられるかと」

「なぜ、わしが」

「矢背さまはお毒味役、食べ物の味のわかるお方は勘も鋭い。かならずや頓知《とんち》を利かせ、たちどころに謎を解いてみせるに相違ない。と、こちらの土田さまに教わりました」

「さようか」

蔵人介は腕を組んで首を伸ばし、紙片に書かれた文字を何度も口ずさんだ。

「ふうむ、わからぬ。串部、おぬしはどうだ」

「さっぱり、見当もつきませぬ。されど、最後の一節だけはわかりますぞ。倉木どのは極楽へむかえと命じておられる。ということは、極楽に何かがあるのでしょう」

「あ」

おそめが声をあげた。

「月です。兄は月のありかを告げているのです」

「兄は神官と通じておりました。もしかしたら、悪事の証明となる月を手渡されていたのかも」

「心当たりでもあるのか」

「おぬしの兄は、神官から手渡された月を仲間に託すことができず、どこかに隠さざるを得なかった。なるほど、この文で、おぬしに月のありかを教えたかったのかもしれぬ」

「はい」

「仙台領内であろうか」

「そうともかぎりませぬ」

邂逅《かいこう》はかなわなかったが、桃之進は潜行したあとにいちどだけ、江戸へもどってきたことがあった。

「やはり、江戸か……ん」

「殿、どうなされた」

「ひらめいたぞ、串部」

蔵人介は得意気に、膝を寄せる三人の顔を眺めわたす。

「これは寺の名だ。よいか、そうじはすぐそこにある西新井大師の總持寺《そうじじ》、たいそ

う は江戸六地蔵のひとつでもある内藤新宿の太宗寺《たいそうじ》、けいがんは岩戸《いわど》村の浄土宗慶《けい》岸寺《がんじ》、ほうとうは小名木川《おなぎがわ》の船番所《ふなばんしょ》近くにある宝塔寺《ほうとうじ》、そして、ごくらくは菖蒲《しょうぶ》で有名な堀切《ほりきり》村の極楽寺《ごくらくじ》だ。これら五つの寺に共通するものは」

「わかりました、塩地蔵です」

おそめが叫んだ。勘のよい娘だ。

「そのとおり。いずれの寺も塩地蔵を奉じ、疣《いぼ》取りの効験《こうげん》とともに、あまねく信仰されておる。塩と申せば塩竈、殺された神官は塩竈にある勇魚神社の神官だ。そなたの兄は塩を想起させるために、わざわざ五つの寺を並べたのだ。極楽寺に安置された塩地蔵の祠《ほこら》を探れば、きっと目当てのものはみつかるぞ」

「はい」

おそめは明るく応じてみせたが、そろそろ屋敷へもどらねばならない。もどしたくはないが、こればかりは致し方ない。無事を祈るしかなかった。

「あとは任せておけ」

蔵人介は、どんと胸を叩いた。

伝右衛門は片頬で笑っている。

いまさら手を引くとも言えまい。

「殿、まんまと嵌《は》められましたな」

串部が、さも嬉しそうに笑った。

五

善は急げ。

三人は闇に紛れ、旅籠を出た。

堀切村は綾瀬《あやせ》川を渡ったさき、千住大橋の船着場から鐘《かね》ヶ淵《ふち》をめざすほうが早い。

小舟は荒川を東に漕ぎすすみ、普門院《ふもんいん》の鐘が沈んでいるという三俣《みつまた》から綾瀬川の北岸にたどりついた。

初夏であれば紫の菖蒲に埋めつくされる村は、霜枯れた凍土と化している。

雪は積もるまでにはいたらず、足許はぬかるんでいた。

三人とも夜目が利くので、提灯《ちょうちん》を点《つ》ける必要はない。

田圃《たんぼ》の畦道《あぜみち》をたどってゆくと、枯木立の狭間に極楽寺はぽつんと建っていた。

「門が閉まっておるぞ」

「おまかせを」

伝右衛門は白壁をするすると登り、塀のむこうへひらりと飛びおりた。
ほどもなく、門脇の潜り戸が開いた。
蔵人介がまず、足を踏みいれる。
「盗人になった気分でござる」
背につづく串部は、警戒顔できょろきょろ周囲をみまわした。
参道脇に佇む石燈籠には、灯明《とうみょう》が灯されている。
さほど広い境内ではない。
檜皮葺《ひわだぶ》きの堂宇《どうう》も古臭そうだ。
寺内には薬師堂と首塚もあるという。
塩地蔵を祀る祠は、すぐにみつかった。
疣封じに御利益《ごりやく》がある地蔵は三体あり、右端の一体は溶けて小さくなっている。
「疣取り長助《ちょうすけ》め、塩を擦りこまれすぎたか」
串部はくすっと笑い、伝右衛門に睨まれた。
祠は狭く、物を隠す空間はなさそうだ。
もっとも、例の「月」がどの程度の大きさなのかもわからない。
しばらくは手懸かりもみつけられず、焦りが募りはじめたころ、中央の地蔵だけがほんの少し横をむいているのに伝右衛門が気づいた。

案《あん》の定《じょう》、台座ごとずらしてみると、墓石の下とおなじように穴が穿《うが》たれている。

「何かあるぞ」

串部は伝右衛門を押しのけ、穴のなかへ両手を突っこんだ。

「つかみましたぞ……ぬっ、重い」

なんとか抱えあげた代物《しろもの》は油紙に包まれ、荒縄で十字に縛られていた。

大きな河原石を抱えた印象である。

「殿、やりましたな」

「喜ぶのはまだ早いぞ」

地蔵の位置をなおすと、三人は寺の外へ逃れた。

「開いてみるか」

「お待ちくだされ。小舟でまいりましょう」

鐘ヶ淵の船着場から小舟に乗りこんだ。

三人は、そのまま大川《おおかわ》を下っていく。

川風は身を切るほどだが、高ぶった気持ちのせいか寒さは感じない。

すでに亥《い》ノ刻（午後十時）をまわっており、暗澹《あんたん》とした川面に艫灯《ともあか》りを滑らせる舟もみえなかった。

「どこへ行く」

蔵人介が問い掛けると、伝右衛門は薄く笑った。

「柳橋《やなぎばし》へむかいます」

「柳橋」

「はい。保栄屋《ほえい》という茶屋で、あるお方がお待ちに」

「もったいぶらずともよい。橋さまであろう」

「お察しがよろしいですな」

今夜じゅうに「月」が入手できることを見込み、あらかじめ待機していたのだろう。

「鯨屋が金銀と同等に扱う御禁制の品なれば、さぞや稀少なものに相違ございません。御前ならば、たちどころに月の正体を見破ることができましょう」

「ひとつ訊いてよいか」

「なんなりと」

「尿筒持ちのおぬしがなぜ、御小姓組番頭の指図にしたがうのだ。おぬしの支配は同朋頭《どうぼうがしら》であろう」

少し間をあけ、伝右衛門はぽつりとこぼす。

「拙者は捨て子でござる。御前に育てていただきました」

剣術のみならず、忍びの使う体術や呼吸術についても、眠る暇もなく叩きこまれた。もちろん、主人のいちもつを握り、竹筒に小便を流す技もおぼえさせられた。

飢える辛さにくらべれば、血の滲《にじ》むような修行も苦にならなかった。生まれつき、武術の才が備わっていたのであろう。やがて、伝右衛門は武芸百般に通暁する若者に成長し、公方の尿筒持ちを生業《なりわい》とする土田家の養子に迎えられたのである。

「ふうん」

それきり、蔵人介は黙った。

串部もしんみりとしている。

伝右衛門にとって、橘右近は実父も同然なのだ。

この件は二度と口にすまい。

小舟は静かに水脈《みお》を曳《ひ》き、柳橋の船着場に舳先《へさき》を入れた。

両国《りょうごく》広小路の喧噪《けんそう》は消えても、隣りあう色街の灯りは煌々《こうこう》と桟橋を照らしている。

三人は小舟を降り、川端から横丁へ踏みこんだ。

黒板塀に沿って小便臭い道をすすむと、裏木戸が差しまねくように開いている。見上げれば、軒行燈《のきあんどん》に『保栄屋』とあった。

橘右近は二階の奥座敷に蠟燭《ろうそく》を一本立て、瞑想《めいそう》しながら待っていた。

襖《ふすま》障子は開いている。

「ただいまもどりました」

伝右衛門はひとこと声を掛け、串部ともども廊下にかしこまる。

蔵人介だけが「月」を抱え、部屋のなかにはいった。

「ご苦労であったな」

「は」

「あとで褒美《ほうび》をとらせよう」

「滅相《めっそう》もない。たいしてお役に立ってはおりませぬ」

「さようか。なれば、役に立ってもらえるのじゃな」

「はあ」

「煮えきらぬのぉ。毒は平気で啖《くろ》うても、正義の剣は振るえぬか。腰抜けめ。まあよい、それにある包みを解け」

「は」

小太刀を抜いて縄を切り、油紙を解いてゆく。

すると、飴色の大きな塊《かたまり》があらわれた。

「蠟燭の火を近づけよ」

「は」

飴色の塊は光を浴び、透きとおった宝石と化した。

表面は滑らかで、艶めいている。

蔵人介も、廊下に控えるふたりも息を詰めた。

橘は丸眼鏡を上にあげ、塊を隈無く眺めまわす。

「なるほどの」

鼻の穴をひろげ、ぷうっと溜息を吐く。

「これは、竜涎香《りゅうぜんこう》じゃ」

「竜涎香」

抹香鯨の腸内にできる結石が体外に放出されたものともいわれ、貴重な香料が採取できるために、清国では金銀と同等かそれ以上の価値がある宝物とみなされている。

「海上を漂うものが最上とされるが、勇魚の腹を裂いて取りだす不心得者も数多あると聞く。ひと抱えの竜涎香を手に入れる。たったそれだけのために、巨大な勇魚を捕獲するのじゃ。哀れなはなしよ」

蔵人介は、食い入るように竜涎香をみつめた。

触れたくなって手を伸ばすや、橘が「こほん」と空咳《からせき》をはなった。

「ま、何はともあれ、月の正体はわかった。これひとつで何百両もの価値がある。鯨屋なる伊達家の御用商人は勇魚を捕獲し、腹を裂いて竜涎香を取りだしては清国へ売りさばいておるのじゃろう。これだけでも動かぬ証拠となり得るがの、相手は雄藩だけに慎重に構えねばならぬ。隠密裡《り》に事を運ばねばならぬということじゃ。この一件をもって伊達家を潰すよりも、恩を売っておいたほうがよい。さすれば、陸奥に覇を唱える雄藩も御上に逆らえなくなる。ぬほほ、悪事を逆手にとって強敵を牛耳《ぎゅうじ》るのよ。のう、頭は使いようじゃろうが」

蔵人介は、あまり乗り気がしない。

物事を闇から闇へ葬るのはよいが、それでは死んでいった者たちが浮かばれぬ。

伝右衛門が口を挟んだ。

「御前、塩竈の神官が死にました」

「おそめからか」

「は」

「ふうむ。倉木桃之進についで神官までが……哀れな」

「御箱の行方は判然といたしません」

「どうせ、焼かれておろうさ。もはや、連中の仕業とみてまちがいなかろう」

「いかがなされます」

「黒脛巾組とやらを炙《あぶ》りださねばなるまい。頭目の首を獲れば手足は枯れる。黒幕もあきらかとなろう。あとのことは藩の仕置きに任せればよい」

橘は蔵人介にむきなおり、意味ありげに笑った。

「これはお役目ではない。断ってもよいが、断るというのなら武士の魂を捨てる覚悟がいるぞ」

「何故にでござりまするか」

「おそめの必死な顔をみたであろう。そのうえで躊躇《ちゅうちょ》しているようなら、腑《ふ》抜け侍と言われても仕方あるまい」

「橘さま、それ以上は仰いますな」

「怒ったのか」

「刀を抜きますぞ」

「それでよい。怒りを忘れた侍なぞ、糞の役にも立たぬわ。むはは」

橘の高笑いは、すぐにやんだ。

笑ってなどいられない。いまだ、敵の力量すらわかっていないのだ。

「さあ、行け。闇に紛れて敵を狩ってこい」

くそっ、ふたたび、飼い犬になりさがるのか。

蔵人介は奥歯を嚙みしめながらも、深々と頭を垂れた。

六

数日は動きもなく、蔵人介は毒味御用に勤《いそ》しんだ。

役目に集中できずに困ったが、粗相《そそう》があったら首が飛びかねぬので、余計なことは考えないようにした。

五日後、串部が耳寄りのはなしを仕入れてきた。

「鯨屋の主人が仙台から江戸へ出てまいりました。ひとつ、乗りこんでやりますか」

悪事の中心にいるのは、たしかに鯨屋だ。幸太夫《こうだゆう》という主人の顔を拝んでおくのも一興《いっきょう》かもしれぬ。

蔵人介は公人朝夕人の伝右衛門に相談もせず、段取りを決めた。

いちいち橘右近の指示を仰ぐのも面倒臭い。

やると決めた以上、こちらの裁量でやらせてもらう。

それが首輪を繋がれた飼い犬のせめてもの抵抗だった。

もちろん、ふいに鯨屋を訪ねても、門前払いを食わされるだけのはなしだ。

伊達家との伝手《つて》を探してみると、意外にも身近にあった。

三十有余年前、志乃が伊達家の奥向きで薙刀を指南していたのだ。稽古場で負かした若侍のなかに、久慈伊右衛門《くじいえもん》という人物がおり、調べてみると出世を果たし、今は留守居役《るすいやく》になっていることがわかった。

さっそく訪ねてみると、久慈は志乃に敗れたことを清々《すがすが》しい思い出として記憶にとどめており、ふたつ返事で紹介状をしたためてくれた。しかも、鯨屋を訪ねる理由は金策ということにしていたのだが、久慈は渋い顔ひとつしなかった。

金に困っているのはおたがいさま、飛ぶ鳥を落とす勢いの鯨屋ならば、百両や二百両の金は低利で貸すに相違ないとまで助言してくれた。

志乃は当初、疎遠にしてきた相手と縁が繋がることを鬱陶《うっとう》しがった。

だが、粘り腰で懇願する蔵人介の熱意に折れたのである。

鯨屋は芝口《しばぐち》から源助町《げんすけちょう》へとつづく東海道沿いにあり、太鼓暖簾を浜風にはためかせていた。

道ひとつ隔てて、仙台藩邸の威風堂々とした棟門《むねもん》がみえる。

広大な敷地のむこうは浜御殿、そのむこうには青海原がひろがっていた。

鯨屋は築地《つきじ》や鉄砲洲《てっぽうず》にも船蔵を所有し、仙台米の移送も受けもっている。六十二万五千石の御用商人だけに商売の規模も大きく、留守居役の紹介がなければ会ってもらえない相手だった。

だが、羽振りの良さは本業からもたらされたものではない。勇魚の体内から「月」を盗みとり、隣国に売りさばくことで巨利を得ているのだ。しかも、利益を藩に還元するのではなく、一部の重臣と結託して私利私欲を貪《むさぼ》っていた。

絵に描いたような悪徳商人の面を、是非とも拝んでおかねばなるまい。

あらかじめ使いを出してあったので、主人の幸太夫は多忙なところを割いて待っていた。

離室《はなれ》の上座に誘《いざな》われ、いざ、対峙してみると、存外に若い。

四十前後であろう。漁師のように日焼けした精悍《せいかん》な面構えの人物だった。やわな商人の印象とはほど遠い。

「手前が鯨屋幸太夫にございます。久慈さまのご書状、拝見いたしました」

「じつを申せば、久慈さまとは薄い縁でな、おぬしに会うための口実づくりにすぎぬ。なにせ、なかなか会うこともかなわぬ大商人らしいからな」

「ふふ、滅相もございませぬ。仙台藩と縁のあったお方を、どうして疎略《そりやく》にあつかえましょうや」

「ありがたい」

「ご書状によれば、矢背さまは将軍家御毒味役にあらせられるとか」

「二百俵取りの軽輩にすぎぬわ」

「ご謙遜《けんそん》なされますな。なにせ、公方さまのお口にはいるお食事を毎日毎晩食されておいでのお方、こうしてお目に掛かれただけでも光栄にございます」

世辞《せじ》のうまい男だ。もちあげられて悪い気はしない。

供人として随行した串部も、まんざらではなさそうだった。

「失礼ながら、お舌も肥えておられましょう。お腹のほうも……と、おもいきや、お見受けしたところ、ずいぶんお痩せになっておられますなあ」

「御膳の品を味わってはならぬというのが、亡き養父より叩きこまれた毒味の作法でな」

「ほう」

「毒味役は毒を喰《くろ》うてこそのお役目。河豚《ふぐ》毒に毒草に毒茸《きのこ》、なんでもござれ。死なば本望《ほんもう》と心得よ。それがわが矢背家の家訓でもある。肥える暇もない因果なお役目さ」

「おもしろい」

「そうかな」

「お毒味役は、鬼役とも称されておるとか。矢背さまのおはなしでそう呼ばれる理由がわかったような気もいたします」

「ほう、どうわかったのだ」

「常から生死の間境に接しておられる。そのあたりのお気の張りようが伝わってくるようで」

一瞬、蔵人介は鯨屋に自分とおなじ臭いを嗅ぎとった。

「矢背さま、そろそろ本題にはいりましょうか」

鯨屋は座りなおし、ぱんと膝を叩いた。

「いかほど、ご用立て申しあげればよろしいので」

「貸してもらえるのか」

「無論にございます。久慈さまのご紹介なれば、理由も問いませぬ」

担保も必要ないという。

「ふっ、鯨屋幸太夫をみくびりなされますな。さ、金額を仰ってくだされ。百両ですか、それとも二百両ですか」

「百両、二百両の金を借りに、わざわざ出向いては来ぬさ」

「ほほう、なればいかほどで」

「小判に換算していくらになるかは知らぬ。とりあえず、百貫《かん》ぶんの月とでも申しておこうか」

「百貫ぶんの月」

鯨屋の目付きが変わった。

双眸《そうぼう》に怒りを込め、三白眼《さんぱくがん》で睨みつける。

張りつめた空気のなか、突如、鯨屋が弾かれたように嗤《わら》った。

「ふはは……おぬし、何者じゃ」

「申したであろう。役料二百俵の御膳奉行さ」

「裏の役目があろう。大目付の密偵《いぬ》か」

「残念ながら、ちがう。ただ、うぬらに殺《あや》められた御庭番の姓名なら存じておるぞ」

「倉木桃之進か」

「ほう、その名を、おぬしから聞こうとはな」

「藩の裏事情なら、たいていは承知している」

蔵人介は身を乗りだし、ぐっと睨みつけた。

「倉木は、おぬしの抜け荷を探っておった」

「証しがなければ、訴え出ることもかなうまい」

「証しはある。神官から倉木の手に渡った月がな」

「その手は桑名《くわな》の焼き蛤《はまぐり》、口から出まかせを言うな」

「これをみろ」

懐中から飴色の断片を取りだし、蔵人介は畳に抛《ほう》った。

「月の欠片《かけら》だ。まだ信じぬのか」

「ふうむ」

「咽喉から手が出るほど欲しい宝物であろうが」

鯨屋は眉間《みけん》に皺を寄せる。

「おまえさん、何者なのだ」

「何度も言わせるな。わしは貧乏旗本にすぎぬ。おもいがけぬ縁があって、お宝を手に入れた。御上に訴え出る気なら、ここへは来ぬ」

「真の狙いは」

「月を買いとってもらおう」

「ふん、やっぱり金か」

ふんと、鯨屋は鼻を鳴らす。

蔵人介はひらきなおった。

「軒だの雨戸だのが腐って、今にも屋敷が崩れてきそうでな。細々と修繕するつもりでおったが、それも面倒だ。この際、立派な門構えの屋敷でも建てようかとおもうてな」

「いくらだ」

「二千両。鐚《びた》一文《もん》もまからぬぞ」

「吹っかけたな。もともとは、わしから盗んだ品であろうが」

「おっと、口を滑らせたな。ついでに、抜け荷のからくりも吐いちまえ」

「誰が吐くか。よし、買いとってやる。受け渡しの方法は」

「後日、使いを寄こす。今日は挨拶に来てやったまでさ」

焚きつけるだけ焚きつけ、蔵人介は鯨屋をあとにした。

「さあて、敵さんはどう出るか」

串部が舌なめずりをしてみせる。

動いてくれれば、しめたものだ。

七

帰路は愛宕《あたご》下の屋敷町を避け、外濠に沿って溜池《ためいけ》にむかった。

溜池の南には土手を補強するために桐《きり》が植えられており、赤坂《あかさか》御門へつづくなだらかな登り坂の一帯は桐畑と呼ばれていた。

八つ刻（午後二時）だというのに、あたりは薄暗い。

坂の上から吹きおろす凩《こがらし》が、裾をさらってゆく。

突如、桐畑に殺気が膨《ふく》らんだ。

「串部、おいでなすったぞ」

「は、心得ております」

くせ者どもは、唐突にあらわれた。

数は七、八人、いずれも柿色装束に身を固め、布で顔を隠している。

足止めでもされているのか、坂道を行き交う人影はない。

敵は輪陣形で取りかこみ、車懸《くるまが》かりに攻めこむ気配をみせた。

「黒脛巾組か」

串部は同田貫《どうたぬき》の鯉口《こいぐち》を切る。

「待て、串部」

蔵人介が命じると同時に、肩幅のひろい大男がずいと踏みだしてきた。

「公儀鬼役だな」

覆面の下から発せられたのは、腹に響く太い声だ。

「鯨屋を脅して金になるとおもうたか、命知らずめが」

「おぬし、黒脛巾組の頭目か」

「さあて、どうかな」

「わしを殺めたら、月はもどってこぬぞ」

「家探しでもするさ。屋敷は浄瑠璃坂の御納戸町であろうが。調べはついておる。

ふふ、家人をみな殺しにしてやるぞ」

「本気さ。素直に月を返すなら、考えてやってもよい」

「脅すわけか」

「おぬし、頭目ではないな」

「なぜ、わかる」

「黒脛巾組と申せば、独眼竜《どくがんりゅう》の政宗《まさむね》公に縁ある伝説の忍び。頭目ともなればそれなりの威厳があろうというもの。おぬしにはそれがない」

「なんだと、痩せ侍め」

「しかも、短気で気性が荒いとなれば、人を率する器ではあるまい」

ひょっとしたら、神官を死なせた石巻杢兵衛なる男かもしれない。

おそらく、そうであろう。顔は隠せても体型までは隠せぬ。

男の立ち姿は、おそめの語った石巻の特徴と一致していた。

「鬼役め、言わせておけば……ええい、構わぬ、斬りきざんでしまえ」

「おう」

下忍《げにん》どもは掛け声もろとも、刃長の短い直刀を抜いた。

「串部」

「は」

串部は同田貫を抜きはなち、真横に跳ねとぶ。

蔵人介も土を蹴った。

黒漆塗りの鞘から、長柄刀《ながつかとう》が鞘走《さやばし》る。

「しゅわっ」

「ぎゃっ」

抜き際の一撃。

脾腹《ひばら》を裂かれ、覆面のひとりが斃《たお》れた。

白刃がみえたのは一瞬、すでに本身《ほんみ》は鞘におさまっている。

「抜かるな、居合を遣うぞ」

石巻とおぼしき男が背後に飛びのいた。

「逃すか」

蔵人介は身を沈め、黒い影を追う。

一方、串部も地を這うように同田貫を奔《はし》らせた。

両刃の刃が鈍い光を放つ。

「ぬわっ」

「ぐふえっ」

下忍ふたりが右脚を刈られ、ぐしゃっと地べたに落ちた。

――柔《じゅう》なるは風に靡《なび》く柳のごとく、剛《ごう》なるは流水を弾く岩のごとし。

柳剛流の秘技、臑斬りを極めた者ほど、怖ろしい刺客はいない。

それでも、柿色装束の連中は仲間の屍骸《むくろ》を飛びこえ、怯《ひる》まずに斬りかかってくる。

蔵人介は折りかさなる白刃を弾き、大男の尻尾をとらえた。

「覚悟せい」

「なんの」

ふたつの影がすれちがい、鮮血が飛びちった。

「ぬぐっ」

石巻とおぼしき男が、たたらを踏む。

左の肘《ひじ》から下が無く、血が滴っている。

「退《ひ》け、退けい」

痛みを怺《こら》え、男は吼《ほ》えつづけた。

充血した眸子《まなこ》を瞠《みは》り、荒い息とともに吐き捨てる。

「おぼえておれ……こ、後悔させてやる」

捨て台詞をのこし、溜池の土手下に奔りさった。

ぬかるんだ地面には、一本の腕と三体の屍骸が転がっている。

ほとけに手向《たむ》ける花の代わりに、雪の花が舞いおりてきた。

「南無……」

人を斬ると、斬ったそばから虚しさに襲われる。それでも、悪党は斬らねばならぬ。

すべての罪業《ざいごう》が浄化されることを願いつつ、蔵人介は白刃を振るう。現世《うつしよ》との腐れ縁を一撃のもとに断ちきり、悪党どもを涅槃《ねはん》の彼方へ葬送するのだ。いずれ、我が身も腐れた屍骸となる身。そのときが来れば、かならずや、おのれの罪深い所業も浄化されることだろう。

「串部よ、行こうか」

「は」

蔵人介は身をかたむけ、坂道を登りはじめた。

終わりなき坂道を登ったさきに、神仏の救いがあることを願い、重い足を引きずった。

深更《しんこう》。

みなが寝静まったころ、蔵人介は褥から起きだし、縁側へ足をむけた。

庭先に立った人影は公人朝夕人、伝右衛門である。

「御前がお怒りにござります。身勝手なやり方は慎んでいただかねばなりませぬ」

「ふん、餌を撒かねば魚は釣れぬわ」

「相手は温厚な鯨にあらず、凶暴な鮫《さめ》にござりまする。舐めてかかると痛い目に遭いますぞ」

「痛い目に遭わせてやったさ」

「聞きました。左肘から下を無くした男、あれは石巻杢兵衛にござります」

「やはりな。おそめから報告があったのか」

「いえ、別の者からござりました」

「ほう。いったい、何人潜りこませておるのだ」

「拙者にもわかりませぬ」

大目付の管轄《かんかつ》だからと主張するが、抜け目のない伝右衛門のこと、すべてを把握しているにちがいなかった。

「じつは、おそめからの連絡《つなぎ》が途絶えました」

「なに」

「正体がばれ、捕らえられた模様でござる」

「まことか」

蔵人介が桐畑で干戈《かんか》を交えているころ、千住宿の葭屋に投げ文があった。

「おそめの身柄はあずかった。返してほしくば月を持てとの内容にござる」

「くそっ」

「敵は従前よりおそめの正体を疑い、泳がしておったのでござりましょう。本日の件で鯨屋と黒脛巾組の繫がりがはっきりいたしました。その意味では、鬼役どのが鯨屋に出向いたことも無駄ではなかったと申せましょう」

「悠長に構えおって」

「お気に病まれますな。おそめが捕まったのは鬼役どののせいではござらぬ。遅かれ早かれ、こうした事態は起こったはず」

「おぬし、心が痛まぬのか」

「微塵《みじん》も。だいいち、おそめは隠密にござります。兄同様、いつなりとでも死ぬ覚悟はできておるはず。鬼役どのならおわかりでござろう。お役目に殉ずる者の覚悟というものを」

「聞きたくもないな」

伝右衛門は、ぴくっと片方の眉を吊りあげた。

「おそめを救うと仰るので」

「あたりまえだ」

「生きておる保証はありませぬぞ」

「死んだという保証もない。日時と場所を申せ」

「明後日亥ノ刻、場所は築地の寒さ橋」

「寒さ橋か」

「船着場がございます。渡し舟が待っておりましょう」

「来ぬのか、おぬしは」

「ふふ、命が惜しゅうござりますからな」

「情のない男め」

「月は串部どののもとへ届けておきまする。存分に、おはたらきなされませ。生きて帰ってこられたあかつきには、柳橋の茶屋にて酒宴をもうけさせていただきまする」

「それは、御前の言伝《ことづて》か」

「御意」

何から何まで読まれているらしい。

みずから死地へ飛びこむ莫迦な男よと、猿顔の老臣は嘲笑《あざわら》っているのかもしれない。

蔵人介は、むかっ腹が立った。

だが、おそめを見捨てることはできない。

たとい、これまでの人生に関わったことのない者でも、多生の縁があった娘を、あたら死なせるわけにはいかぬ。

「行かずばなるまい」

蔵人介は縁側で仁王立ちになり、左右の拳をぎゅっと握りしめた。

八

寒さ橋からは、漁《いさ》り火がみえる。

佃島《つくだじま》の漁船群であろう。

桟橋には小雪がちらつき、なるほど、渡し舟が待っていた。

天空は黒雲に覆われているが、背にしたがう串部の手には「月」がある。

「殿、どうも気乗りがいたしませぬ。正直に申せば、死にゆくようなものでござる」

「嫌なら尻尾を巻いて帰るがよい」

「つれないことを仰いますな。殿のためなら、この串部六郎太、命など惜しくはありませんぞ」

「なら、文句を言うな」

「は。それにしても、渡し舟でどこへ連れていかれるのでしょうな」

風まかせ、波まかせ、どっちにしろ、ここは地獄の一丁目にちがいない。

船頭は頬被《ほっかむ》りをしていた。下忍であろう。

蔵人介と串部が乗りこむと、小舟は音もなく桟橋を離れた。

船頭は小器用に櫓《ろ》を操り、沖へどんどん漕ぎすすんでゆく。

「おい、どこへむかう」

串部が不安げに質しても、返事はない。

櫓を漕ぐ音と波音だけが聞こえてくる。

陸から眺めたときは凪《な》いでいるようにみえたが、漕ぎだしてみるとけっこう波は高い。

船縁につかまっていなければ、投げだされてしまいかねなかった。

漁り火が近づき、すぐに遠ざかっていった。

佃島の島影も遠ざかり、小舟は漆黒の沖にむかってゆく。

波濤《はとう》をみつめると、呑みこまれてしまいそうな錯覚をおぼえた。

「陸へむかうのではなさそうだな」

不安が頂点に達したとき、船頭が櫓を漕ぐ手をとめた。

「うわっ」

巨大な鯨と見紛うばかりの船影が、忽然《こつぜん》と海上にそそりたった。

「……な、なんだと」

串部は腰を抜かしかけている。

船頭は龕灯《がんどう》を掲げ、大きく円を描いた。

巨船の上部にも火が灯り、合図を送りかえしてくる。

「串部、千石船《せんごくぶね》だぞ」

長さ五丈（約一五メートル）、幅二丈五尺（約七・六メートル）、深さ九尺（約二・七メートル）、腹に二千五百俵の俵を積むことができる廻船が一隻、灯りを消したまま碇《いかり》をおろしていた。

しかも、船体を黒く塗っている。

「殿、あれは闇船《やみぶね》では」

「闇船」

「はい。三陸《さんりく》沖の海賊は千石船を奪い、隅から隅まで黒く塗るのだとか。そんな噂を聞いたことがござります」

船頭は小舟を巧みに操り、船舷の艫《とも》寄りに近づけた。

するすると、梯子《はしご》がおりてくる。

蔵人介は「月」を抱いた串部を小舟にのこし、ひとりで梯子をよじ登った。

船上に飛びおりると、二、三十人の屈強な連中が篝火《かがりび》を焚いて待ちかまえていた。

目に怒りを湛《たた》えているのは、桐畑で仲間を斬られたせいだろう。

「月はどうした」

ふいに、太い声が掛かった。

振りむくと、寝かせた檣《ほばしら》の上に隻腕《せきわん》の男が座っている。

「石巻杢兵衛か」

「さよう」

不敵な面をさらしているということは、生きて帰さぬつもりなのだ。

寒風が吹きぬける船上にあっても、石巻は顔じゅうに汗を掻いている。

高熱におかされているのにちがいない。それでも、鍛えぬかれた忍びだけあって、表向きは平然としていた。

「約束は守れよ」

「それはこっちの台詞だ。おそめはどうした。寄こさぬというのなら、月は海に捨てさせる。このあたりは深そうだ。探すのに苦労するぞ」

「ふん、抜け目のない野郎だ」

石巻が顎をしゃくると、手下がひとり船首に消えた。

しばらくのち、手下ふたりに両腕を抱えられ、おそめが引きずられてきた。

白い薄衣しか纏《まと》っておらず、黒い下げ髪が肩まで垂れている。

顔は死人のように蒼白く、生気がない。

それでも、目は開いていた。

生きているのだ。

「ほれ、連れてきたぞ」

石巻が口端をまげて笑う。

「娘は歩けぬ。両足の甲を潰してやった」

「なんだと」

おそめの足の甲は、どす黒く腫れあがっている。

「さあ、月を寄こせ」

「よし」

蔵人介は船端に駆けより、串部に合図を送った。

小舟の艫綱を舷に結び、まずは船頭役の手下が梯子をよじ登ってくる。

つぎに、串部が「月」の包まれた風呂敷を背負い、するするとよじ登ってきた。

そして、楽々と船上へ乗りこみ、風呂敷ごと蔵人介に手渡した。

「あっ、おそめ」

串部は脱兎《だっと》のごとく駆けだし、哀れな娘を抱きとった。

「殿」

「ふむ、おぬしは娘を抱いて海におりろ」

「え」

「陸へもどっておれ」

「できませぬ」

「わしを信じろ」

「代わりましょう。殿こそ小舟へ」

「わしは、おぬしほど膂力《りょりょく》がない。おそめを抱いて、梯子をおりる自信はない」

「殿、お待ちくだされ。なにとぞ」

「言うことを聞いてくれ。まごまごしてはおられんのだ」

串部は涙ぐみ、船端へむかった。

「そうはさせぬ。ひとりも帰しはせぬぞ」

石巻の合図で、猛者《もさ》どもが押しよせてきた。

蔵人介は串部とおそめを背に庇《かば》い、しゅっと白刃を抜いた。

来国次《らいくにつぐ》の斬れ味は鋭い。

「ぐほっ」

すぐさま、ひとりが血を噴いた。

袈裟懸けの一刀である。

別のひとりは胸乳《むなぢ》を薙《な》がれ、三人目は利き腕を落とされた。

「串部、早く行け」

「は」

串部は左手でおそめを抱き、右手で梯子をつかむ。

「うぎゃっ」

蔵人介は、またひとり斬った。

「くそっ、埒があかぬ」

石巻が、ひらりと飛びおりてきた。

右手一本で三尺（約九一センチ）の刀を掲げ、猛然と斬りかかってくる。

「くっ」

鬢《びん》を振って躱《かわ》したところへ、二撃目の突きがきた。

頬を浅く裂かれ、血が流れる。

「どうじゃ、隻腕をみくびるなよ」

「そのようだな」

蔵人介は低く身構え、本身を黒鞘におさめた。

「居合なぞ、怖くないわ」

「つぎの一撃で片をつけよう」

「抜かせ、ふりゃ……っ」

石巻の剛腕が撓《しな》り、刃風が襲いかかってくる。

蔵人介の頭蓋が割けた。

と、おもいきや、逆《さか》しまに、石巻の首が宙高く飛ばされていた。

田宮流抜刀術の飛ばし首、養父に叩きこまれた秘技のひとつだ。

石巻の死に首は船上を転がり、何者かの足に踏みつけられた。

下忍どもは、はっとして動きを止める。

「ほほう、やっと真打ちの登場か」

暗闇から、ひょろ長い男の影があらわれた。

「ん、おぬしは」

意外な人物の登場に、蔵人介は虚を衝かれた。

九

不敵に笑う頭目の正体は、鯨屋幸太夫であった。

「また会ったな」

店の座敷で目にしたときよりも、一段と凄味が増してみえる。

「矢背蔵人介、おぬしのことは調べた。されど、ようわからぬ。天皇家の影法師といわれた八瀬童子の系譜を継ぐこと以外はな」

「わしは養子だ。鬼の血は流れておらぬ」

「そうらしいな。公儀鬼役に就く以上、禁裏との関わりは切れたとみてよかろう。さりとて、おぬしは御庭番でも、伊賀者でも、隠目付《かくれめつけ》でもない。ただの毒味役がなにゆえ、しゃしゃり出てくる。まさか、誰の命も受けずに、おぬしの一存で動いているわけではあるまい」

「そうおもうか」

「ああ、おぬしは大目付の密偵と繋がっておった。おそめだ。ゆえに、月を入手できたのであろう」

鯨屋に探りを入れられても、蔵人介は平然とうそぶいてみせる。

「おそめは口入屋に紹介された娘にすぎぬ。女中奉公に雇ってほしいと請われてなあ」

「みえすいた嘘をつくな。誰がおそめを引きあわせたのだ」

「教えるとおもうのか」

「知っていることを吐けば、約束の二千両を払ってやる」

鯨屋が目顔で指図すると、手下どもが千両箱を重そうに運んできた。

「ほれ、持っていけるものなら持ってゆくがよい」

手下は箱を引きずり、面前に置いた。

携えてゆくにしても、二箱は無理だ。

「こいつを返してやる」

蔵人介は両手に抱えた「月」を、手下にむかって抛った。

鯨屋が渋い顔をする。

「お宝を粗末にあつかうな。もっとも、船倉にはごろごろしておるがな。この闇船は言ってみれば抹香鯨《まっこうくじら》の巨体。ふはは、何万両ものお宝を胎内に抱えておるのさ」

「闇船が抜け荷船に早変わりするというわけか。ふん、伝説の忍びも堕ちたものよ」

「泰平惚《たいへいぼ》けした腑抜け侍にはわかるまい。われら忍びは戦乱が終わると、芥のように捨てられた。海賊になるしか道はなかったのよ」

「伊達家への恩義はないのか」

「んなものは最初《はな》から持ちあわせておらぬ。ご先祖が受けた仕打ちをおもえば当然のことじゃ」

「陰に生き、闇に死す。それが忍びであろう」

「きれいごとを抜かすな。忍びとて血の通った人、腹が減れば飯を食う。報酬が些《さ》少《しょう》ならば怒りを感じる。邪険にされれば裏切りもしよう。わしはな、一国を統《す》べる殿さまに土下座をさせてみたいのよ。そのために金を稼いでおるといっても過言ではない」

虐《しいた》げられた者のねじくれた感情にすぎぬ。

だが、わからぬでもなかった。

絶大な権力に抗するには、巨万の富を盾にするしかない。

権力に抗しようとする気概だけは買ってもよかろう。

ただし、悪党に与《くみ》することはできぬ。

対峙した以上、野放しにもできぬ。

「鯨屋。おぬし、伊達家の次席家老と通じておろう」

「笹川対馬か。あやつは黄金に魂を売った極悪人よ。ま、悪党は悪党同士、持ちつ持たれつというわけだ。所詮、銭金の結びつきでしかない」

「伊達家の殿さまが、なにやら可哀相になってきたな」

「殿はまだ十六、大所帯を仕切るには尻が青い。隅々まで目配りも利かぬ。これからは、われらのやりたい放題じゃ。さあ、そろそろ喋りにも飽いた。早う教えぬか、おぬしにおそめを引きあわせた者の正体を」

「そのまえに、もうひとつ訊いておかねばならぬ」

「なんだ」

「目安箱はどうした」

「はは、あれか」

「焼きはせぬだろうな」

「だいじに取ってある」

「闇船にか」

「いいや、ちと悪戯《いたずら》心が湧いてな」

伊達藩の江戸藩邸に設《しつら》えられた殿さまの厠《かわや》に、使われもしない棚が飾ってあった。

「それとすり替えてきた。ふふ、よもや気づくまい。葵《あおい》紋の刻まれた目安箱と知ったら、出るものも出なくなるだろうさ」

鯨屋はひとしきり嗤い、真顔になった。

「これで最後だ。おぬしの背後におる者の正体を吐け。吐かぬというなら、今ここで死ぬしかないのだぞ。何を躊躇《ためろ》うておる」

「ぬへへ」

「なんじゃ、その笑いは」

「そやつは名無しの権兵衛《ごんべえ》と申してな、わしも正体を知らぬのよ」

「やはり、死にたいらしいな」

「容易《たやす》くは死なぬぞ」

「ひょう……っ」

刹那《せつな》、鯨屋は袖を振り、矢継ぎ早に苦無《くない》を投擲《とうてき》した。

蔵人介は抜刀し、三本までは弾いた。

が、四本目は躱しきれない。

「うっ」

苦無の先端は、左の肩口に刺さった。

がくっと、膝が抜けおちる。

「どうじゃ。毒を喰うたことはあっても、痺《しび》れ薬を仕込まれたことはあるまい。それは馬酔木《あしび》から採取したものでな、いきなり足にくるのよ」

「く……くそっ」

「すぐに殺すのもつまらぬ。ゆっくり、じわじわとな」

腕の力が入らなくなってきた。
「まずは、左腕をもらうか」
鯨屋は不気味に笑い、白刃を抜いた。
と、そのとき。
――どどおん。
大音響とともに、船体が大きくかたむいた。
「うわああ」
鯨屋も手下たちも、反対の船縁に滑ってゆく。
蔵人介は帆桁《ほげた》につかまり、なんとか耐えた。
――ぐわん。
鯨のような悲鳴が聞こえ、強烈な揺りもどしがくる。
「うわっ」
手下どもの多くが、海面へ投げだされた。
――どどおん。
ふたたび、雷鳴が轟いた。
右舷を大きく吊りあげ、船体はゆっくり沈みはじめる。

「なんだ、何があった」

「舷に穴が」

左舷の底に、星形の破孔《はこう》が穿《うが》たれている。

何者かが火薬を仕掛け、爆破させたのだ。

――ぐわん。

闇船は軋《きし》みながら、船体をさらに大きくかたむけた。

「鬼役め、謀《たばか》ったな」

別の者の仕業だが、言い返す力もない。

倒れた檣の狭間から、鯨屋の身が跳ねとんだ。

「しぇ……っ」

頭上に白刃が光る。

真っ向から斬りさげるつもりなのだ。

蔵人介は弱々しく、右手一本で刀を構えた。

「覚悟せい」

白刃もろとも、鬼の形相が目睫《もくしょう》に迫る。

死ぬのか。

蝙蝠を閉じかけたとき、予期せぬことが起こった。

「ぐひぇ……っ」

鯨屋の胴がふたつにちぎれ、どさっと船板に落ちたのだ。

「鬼役どの、ご無事でなにより」

耳もとで、誰かが囁《ささや》いた。

「お、おぬしは……く、公人朝夕人」

「助っ人にまいりました」

にっと笑った顔が、鼠《ねずみ》に似ているとおもった。

伝右衛門は蔵人介を背に担ぎ、荒縄で縛りつける。

「わしを……だ、騙しおったな」

こちらに悪党どもの注意を引きつけ、最初から船ごと沈める策を描いていたのだ。いずれにしろ、これだけのことをたったひとりでやってのけるとは、やはり、ただ者ではない。

「長居は無用ですぞ、さあ」

公人朝夕人は蔵人介を背負ったまま、宙にぶらさがる梯子を楽々とおりていく。

眼下の海に浮かぶ小舟では、串部とおそめが待っていた。

「おうい、おうい」

串部は両手を振り、何事かを叫んでいる。

その声は聞こえない。沈みゆく闇船の断末魔《だんまつま》も、砕けちる波音も、あらゆる物音が遠のき、蔵人介の意識は暗い水底へ吸いこまれていった。

十

毎月二十八日は、諸大名にとって定例の登城日である。

月次《つきなみ》御礼登城と称し、朔日《ついたち》と十五日とを合わせて月に三度しかない。

この日は「尾頭《おかしら》付き」とも呼び、公方の御膳にはかならず最上の鯛《たい》か平目《ひらめ》を供さねばならなかった。おおかたの諸大名は手弁当だが、御三家ならびに譜代《ふだい》雄藩、さらには前田《まえだ》、島津《しまづ》、伊達からなる外様《とざま》御三家の殿さまだけは相伴《しょうばん》にあずかることができる。

蔵人介の出仕は巳ノ刻でよかったが、一刻《いっとき》（約二時間）も早い辰の五つ（午前八時）には内桜田《うちさくらだ》門の下馬先まで足を運んだ。

ちょうど、登城の諸大名が集まる頃合いである。

御殿の甍《いらか》も下馬先も、一面の雪に覆われていた。

だが、今朝は陽差しも穏やかな冬日和、さくさくと雪を踏んで歩めば汗ばむほどだ。

大名の登城は触れ太鼓の小気味良い音に導かれ、粛々《しゆくしゆく》とすすんでいった。

中小藩の登城はおおむね到着順だが、伊達家は別格扱いゆえ、供待の場所も決まっている。供揃《ぞろ》えの人数は飛びぬけて多く、竹に雀《すずめ》の仙台笹や雪に薄《すすき》の風雅な家紋を確認せずとも、すぐにそれとわかった。

蔵人介のような幕臣が近くを彷徨《うろつ》いても、不審におもう者はいない。

下馬先はごった返していた。

整然とした雰囲気とはほど遠く、供待の隙間には葦簀《よしず》張りの飲食屋台なども並び、物売りや瓦版屋の売り声までが響いている。

なんとも騒々《そうぞう》しく、ともすれば広小路と見紛うほどであった。

伊達家の年若い殿さまは、煌《きら》びやかな網代《あじろ》駕籠に乗せられている。

駕籠脇には屈強な供侍たちが控え、陸尺《ろくしやく》や槍持ちが置物のように控えていた。

「この寒いのに、ご苦労なことだな」

雪の日はことに辛い。

忍の一字で耐えるしかない供人たちには同情を禁じ得なかった。

網代駕籠の周囲だけが、ぽつんと喧噪からとりのこされている。不思議な感じだった。

内濠の水は青く、吹きぬける風は心地良い。

濠に架かる太鼓橋のむこうに、流麗な桔梗《ききよう》門がみえた。

「松平《まつだいら》陸奥守《むつのかみ》さま、ご登城にござりまする」

下馬先に立つ役人の呼出しが掛かった。

背の高い陸尺どもが網代駕籠を担ぐ。

長柄の槍持ちを露払いにして、十余名の供侍が胸を張って歩みだす。

伊達家一行はこれより太鼓橋を渡り、内桜田門をくぐりぬけ、下乗橋へとむかう。

御三家を除く諸大名はみな、下乗橋手前で駕籠を降りねばならない。そこからは五人に減った供揃えで中ノ門へとすすみ、本丸御殿の玄関からは殿さまひとりで歩いていかねばならぬ。

伊達家の殿さまを乗せた網代駕籠はゆったりと太鼓橋を渡り、純白に化粧された内桜田門のむこうへ吸いこまれた。

「行ったか」

下馬所裏の長屋で太鼓の音色を聞きながら、蔵人介は網代駕籠を見送った。

駕籠が消えた途端、伊達家の供侍は騒々しくなった。

何人かが袴《はかま》の股立ちを取り、必死に駆けこんでくる。

目的は長屋内にしつらえられた厠だった。

駆けこんできたなかに、目当ての人物もいる。

肥えた蝦蟇《がま》のような老臣だが、血相を変え、誰よりも素早く駆けこんできた。

蔵人介は物陰に隠れ、蝦蟇が小部屋の扉を閉めるのを待った。

屈んだ様子を窺《うかが》い、頃合い良しと見極め、扉を開く。

急に吹きこんだ風が、臼《うす》のような尻を撫《な》でた。

「寒いぞ、閉めよ。何をしておる」

「失礼。もしや、次席家老の笹川さまではござりませぬか」

「何者じゃ、無礼であろうが」

笹川は屈んだ恰好のまま、猪首《いくび》を捻りかえす。

踏んばっていたのと怒りとで、顔は真っ赤だ。

「無礼者、出てゆかぬか」

「小汚い尻ですな」

「なんじゃと」

「聞きましたぞ。昨晩は御用商人に接待され、柳橋の料亭で豪遊なされたとか。美味いものを食うてすぐに、厠へ駆けこみましたな。牡蠣《かき》にでもあたりましたか」

「ん」

「図星のようですな」

「おぬし、仕組んだのか」

「心当たりでもありますかな」

笹川は、からだを震わせはじめた。

「まさか……く、鯨屋を殺《や》った連中か」

「さて。それは、あの世で訊いてくだされ」

「待て……ぬがっ」

仙台藩の次席家老は、二度と生きて厠を出ることはなかった。

蔵人介は下馬先を去り、大手門のほうへ足を延ばした。

そこに、串部が待っている。

「首尾は、いかがでござりましたか」

「ふむ、どうにもな。臭い結末になってしもうたわ」

「辰ノ口の評定所前に足をはこんでまいりました。例のものは元どおりに」

「さようか」

目安箱はもどり、黒脛巾組の残党は仙台藩の捕り方によって一網打尽《いちもうだじん》にされた。鯨屋の身代《しんだい》は藩に没収され、家人の消えた江戸店と船蔵には寒風が吹きぬけているという。

「一件落着だな」

「殿、ひとつお訊きしても」

「なんだ」

「こたびの一件、お役目だったのでござりましょうか」

「それは難しい問いだぞ」

蔵人介は苦笑しながら、雪道を歩みはじめる。

「殿、いずこへ」

「きまっておろう、中奥の笹之間じゃ。今日は尾頭付きの骨取りをせねばならぬ。串部よ、おぬしに骨取りができるか」

「いいえ、とてもとても」

「であろうが。河豚毒に毒草に毒茸、なんでもござれ。わしのお役目は毒味じゃからな。それ以外に能はない。ふははは」

蔵人介は胸を仰《の》けぞらせて笑いながら、白銀に煌めく御殿の内へ颯爽《さっそう》と消えていった。

懸崖《けんがい》の老松《おいまつ》

一

雪の薄衣を纏った庭に、ぽつんと寒椿が咲いている。
剣先から滴った血のひとしずくのように、鮮烈な紅色だ。
志乃はいつになく丁重な物腰で、ひとりの隠居を迎えいれた。
元鬼役、磯貝新兵衛《いそがいしんべえ》。役を退いて十年になるという。
磯貝老人が恥を忍んで訪ねてきたのには、深い事情があった。
「七年前、後継ぎの新吾《しんご》をいびり殺されました」
のっけから眉をひそめたくなるような内容だが、志乃は動じた素振りもみせない。
客人を招いた部屋は仏間なので、線香の匂いがたちこめている。

時折、磯貝老人は仏壇に祀られた養父信頼《のぶより》の位牌をみつめ、朋輩《ほうばい》に語りかけるような仕種をした。

「毒をも呑みほす鬼役の子。できそこないの腰抜け侍なぞと詰《なじ》られ、新吾は堪忍できずに殿中で小刀を抜いたあげく、狼藉者《ろうぜきもの》として成敗《せいばい》されたのでござります。この世に恨みをのこして逝った息子を信じてやりもせず、拙者は御上の御沙汰を鵜呑みにした。息子が罠に嵌められたのも知らず、七年も安閑《あんかん》と過ごしてまいりました。海内一《かいだいいち》の愚か者、この身がどうしても許せませぬ……寝ても覚めても、口惜《くちお》しゅうて、口惜しゅうて、たまらぬのでござります」

からだの芯まで凍りつくような晩であったという。

西ノ丸書院番《しょいんばん》組下の磯貝新吾は、みずからの首を抱いて帰宅した。

いったい、何があったのか。

驚いて問いあわせたところで「子息は城内にて乱心。よって手討ちにされた」としか返答はなく、父親に詳しい顚末《てんまつ》は報されなかった。

しかも、妙な顚末になった。

乱心のうえで手討ちになったのであれば、御家断絶《だんぜつ》の沙汰を受けるのが当然とおもわれた。

ところが、新吾は病死扱いにされ、磯貝の家名は存続されたのだ。

初七日も終わったころ、御家存続は自分の口添えによるものと、ひとりの男が恩を売りにきた。

組頭の塚越弥十郎《つかこしやじゅうろう》である。

新吾の上役なので、詳しい経緯を知っているにちがいない。

縋《すが》るように訊いても、塚越は「自業自得《じごうじとく》」と洩らすだけだった。

それどころか、厚顔にも、いくばくかの見返り金を要求してきた。

半月足らずののち、老いた妻は息子のあとを追うように逝ってしまった。

新兵衛には、ほかに子がない。

養子を迎えて家名を存続させる手はあったが、その気力も湧いてこない。

城勤めを辞め、生きる張りあいもなくした。

何度か死のうと試みたが、死にきれず、隠棲《いんせい》するしかなかったという。

「生きる支えは盆栽でござる」

盆栽という嗜《たしな》みがあったからこそ、なんとか生きてこられた。

このまま、老いさらばえて死んでゆく日を待とう。

そう、心に決めたところが、つい先日、実家にもどっていた息子の元嫁から文《ふみ》が届いた。

「嫁の名は美里《みさと》と申します」

気立ての良い足軽の娘だった。新吾の死によって縁が切れたのち、商家の奉公人と再婚し、ふたりの子を授かっていた。

ささやかな幸福をつかんだかにみえた美里はしかし、不治の病におかされた。

――たったひとつ、心残りがござります。

この一文ではじまる長文の便りを、磯貝老人は遺書として受けとった。

「新吾の死にいたる経過が、弱々しい筆跡《て》で連綿と綴られておりました」

いじめのきっかけは、将軍世嗣《せいし》の家慶《いえよし》が主催《しゅさい》した駒場野《こまばの》における鷹狩りであったという。

新吾は五十人余りいる番士の序列で三十番目だったにもかかわらず、勢子《せこ》の進退を司る花形の拍子木《ひょうしぎ》役に抜擢された。当然のごとく、上席にある者たちの反感を買い、陰湿ないじめを受けるようになった。

男の妬《ねた》みほど質《たち》の悪いものはない。鷹狩りの当日が近づくにつれ、いじめは悪質なものに変わり、あるときなどは弁当に馬糞が仕込んであったという。

序列八番目の安西彦之丞《あんざいひこのじょう》、同十三番目の神山伊賀之助《かみやまいがのすけ》、同十五番目に列する沼《ぬま》田伊織《たいおり》の三人はなかでもひどかった。たいていのことではめげない新吾も腹に据えかね、美里に愚痴をこぼしていた。

「拙者はおなじ屋根のしたに住みながら、なにひとつ知らなんだ。情けない父親でございます」

美里は夫への同情心から、ひとつの決意を秘めて塚越弥十郎のもとを訪ねた。

組頭の塚越は二度の離婚歴があり、女にだらしない男と噂されていた。のちに、いずれも暴力沙汰が原因で妻と別れたことが発覚したが、当時の美里には知る由《よし》もなかった。

ここは身を売ってでも、夫の窮状を救いたい。

美里は浅薄にも、そう考えたのだ。

塚越は、話に乗った。

美里は縹緻《きりよう》良しではなかったが、豊満なからだつきをしていた。

「ひと夜のことと目を瞑《つむ》り、操《みさお》を捨てたのでございます。誰が嫁を責められましょう。されど、塚越弥十郎は嫁と交わした約束を破り、配下の者どもを野放しにしました。それどころか、嫁のからだを再三にわたって求め、傷物にしたあげく、地獄の苦しみを与えた。蓋を開けてみれば、塚越自身がいじめの元凶だったのでござります」

鷹狩りの前日、拍子木役は宿直をするのが倣《なら》いだった。新吾は西ノ丸の書院番詰所に控えた。そこへ、塚越があらわれ、やにわに、美里の行状《ぎょうじょう》を暴露した。

「その妻女は食わせ者じゃ、尻軽女じゃと罵《ののし》ったのです。しかも、件《くだん》の三人組を呼びよせ、妻を寝取られた新吾の腰抜けぶりを嗤いました」

ついに、堪忍袋の緒が切れた。

新吾は帯に差した小刀を抜き、殿中法度《でんちゅうはっと》の罪により誅《ちゅう》されてしまったのだ。

安西以下の三人組がひと太刀ずつ斬りつけ、とどめは塚越が刺した。

美里は修羅場を目撃した別の番士に身を捧げ、夫が斬殺されたときの詳しい情況を知った。

「あらかじめ、殺める狙いがあったやに相違ないと、文には書かれてございました」

夫を助けたい一念で踏みきった妻の行為は、すべて無駄なものだった。

――わたくしは不甲斐《ふがい》ない嫁にござりました。いつなりとでも、死ぬ覚悟はできております。ご心配をお掛けするので躊躇っておりましたが、お義父《とう》さまにだけは真実を隠しきれませぬ。新吾さまの無念をおもうと、口惜しくて夜も眠れず、黙って死んでゆこうとも考えましたが、どうしてもできませんでした。この身の不徳をお詫び申しあげます。

自戒を込めて綴られた文を読み、磯貝老人はからだの震えを禁じ得なかった。

「驚愕《きょうがく》と怒りで頭が真っ白になりました。拙者は喩《たと》えてみれば懸崖《けんがい》の老松《おいまつ》、恨みの根が深すぎて崖下へ落ちることもかないませぬ」

さっそく、嫁ぎ先に美里を訪ねたところ、すでに帰らぬ人となっていた。

「運命《さだめ》と申せば、あまりにむごい運命にござる。拙者は風雪に晒された老松、いまや仇《かたき》を討つどころか、走ることすらままならぬ。糞の役にも立たぬ老いぼれなのでござります」

やによって恥をしのび、薙刀名人の志乃に助太刀をこいねがいにまいったと、磯貝老人は畳に俯《うつぶ》した。

なぜ、頼る。

蔵人介は腑に落ちない。

同情はするが、助太刀するまでの義理はなかろう。そう感じた。

「ほかに、頼るお方もござりませぬ」

そのひとことが、志乃の心を強烈に動かしたようだ。

聞けば、磯貝は亡き信頼が刎頸《ふんけい》の友とまで洩らした人物という。

すでに、志乃は肚《はら》を決めていた。

決めたうえで、蔵人介を同席させたのだ。

「養母上、はたして、七年まえの出来事を調べなおすことができましょうか」

蔵人介の困惑を断ちきるように、肝の太い養母はきっぱりと言いはなつ。

「調べる必要などありませぬ」

「されば、どうせよと」

「闇から闇へ葬るのです。それしかありますまい」

けろっとした顔で告げられ、蔵人介は面食らった。

磯貝老人は枯蓮《かれはす》のようにうなだれ、目を伏せたままだ。

生きているのか、死んでいるのかも判然としない。

すでに、心は死んでしまったのかもしれぬ。いや、復讐を遂げるのだという気概だけはまだ、燃え滓《かす》のように残っているのだろう。

志乃は、いっそう語気を強めた。

「悪党をのさばらせておいたら、世のためになりませぬ。蔵人介どの、ここはひとつ心を鬼にして掛からねばなりませぬぞ」

「お待ちくだされ。拙者に人斬りは」

「できぬと申されるのか。なれば結構、二度と頼みませぬ」

「養母上、どうなさるおつもりです」

「わたくしがやらずばなりますまい。情のある幸恵さんなら、手伝ってくれるかもしれませんね」

「お待ちくだされ」

幸恵まで巻きこもうとしている養母に、蔵人介はいささか腹が立った。

厄介事をもちこんだ老人は、目の遣り場に困っている。

志乃の命だからこそ、なおさら、人斬りはできない。

当面は静観を決めこもう。それしかあるまい。

二

空気はぴんと張りつめ、吐く息も白い。

底冷えのする朝、幸恵は重籐《しげどう》の弓に矢を番《つが》えた。

立ち姿が美しい。

丹頂鶴《たんちょうづる》が羽をひろげたかのようだ。

しかも、動作に無駄がない。茶道の所作に通じるものがある。

庭は一面の雪、塀際には的が立っていた。

「十本目」

縁側に正座する鐵太郎が、太鼓を叩く真似をする。

刹那。

びん、と弓弦《ゆづる》が弾かれた。

的までは三十間（約五五メートル）強、矢は冷気を裂き、的の中心を射抜いた。

まぐれではない。十本放ったうち、九本までが中心に刺さっている。

「大当たりい」

鐵太郎が嬉しそうに手を叩く。

まるで、矢場《やば》に雇われた小僧だ。

「お見事」

蔵人介が拍手を送ると、怖い目で睨まれた。

「いけませせぬ」

「どこが」

「外しました」

「たった一本ではないか」

「その一本が命取りになります。まだまだ修行が足りませぬ」

鐵太郎が横で、感じ入ったように頷《うなず》いている。

蔵人介の口調は、少し投げやりなものに変わった。

「いくら腕を磨いても、腕前を披露する場はなかろうに」

「いいえ、ござります」

七日後、上目黒村《かみめぐろ》の駒場野にて、西ノ丸恒例の鷹狩りが開催される。

その際、弓競《くら》べもおこなわれ、番方《ばんかた》の弓自慢がこぞって参加するという。

「まさか、出るのか」

「反対なされますか」

幸恵ばかりか、鐵太郎までが睨みつけてくる。

ふたりの気合いに呑まれ、蔵人介はたじろいだ。

「いや、反対というわけではないが」

「他人様《ひとさま》の目をお気になされておられるのでしょう。満座で嫁に弓を引かせるのがお恥ずかしいのではありませんか」

「そうではない」

「されば、参加してもよろしいのですね」

「ん、ああ」

曖昧《あいまい》な返事をすると、幸恵はほっと安堵《あんど》の息を吐く。

「よかった。おまえさまに反対されたらどうしようかと」

「わしはよいが、養母上はどうであろうな」

「ご安心を。お義母さまに頼まれたのですから」

「え、養母上にか」

「はい」

嫌な予感がする。

「詳しいことは存じあげませぬが、弓競べに出ると決めたからには、石に齧《かじ》りついてでも頂点をめざしてほしいとのことです」

「石に齧りついてでもか」

「はい」

「褒美は何かな」

「さあ、存じあげませぬ」

このときは、あまり深く考えていなかった。
三日後に出仕したおり、志乃の意図することが判明した。

三

江戸城中奥。
大厨房でつくられた料理はまず、笹之間に運ばれてくる。
「おはじめくだされ」
小納戸衆《こなんどしゅう》に促され、裃《かみしも》姿の蔵人介は懐紙で鼻と口を隠した。
おもむろに、自前の竹箸を取りだす。
箸を器用に動かしながら、一の膳の鯉こくに取りかかった。
公方の口にはいる汁だとおもうと、余計な緊張に襲われる。
なるべく、考えないようにするしかない。
明鏡止水《めいきょうしすい》、それが平常心を保つ秘訣だった。
部屋内も、廊下も、しわぶきひとつ聞こえない。
睫毛一本でも料理に落ちたら、鬼役の首が飛びかねないのだ。

この道二十年余の蔵人介でも、箸を付ける瞬間は震えてしまう。
鯉こくをひと口啜《すす》り、ようやく落ちついた。
汁はほとんど呑まず、背後の痰壺《たんつぼ》にそっと吐く。
呑んでもよいが、その必要はない。
口にふくんだだけで、異変はすぐにわかる。
「よし」
蔵人介は軽く頷き、水で口を漱《すす》いだ。
つぎに控える向付《むこうづけ》は平目の刺身、縁側も付いている。
ほかにも車海老の付け焼きや、酢の物の猪口《ちょく》などもみえる。
一の膳を手際よく片づけると、すぐに二の膳が運ばれてきた。
薄塩仕立ての汁、小鉢とすすんでいく。
それらが済むと、いよいよ、厄介な皿が登場する。
「鱚《きす》の塩焼きにござります」
言われなくともわかる。
鱚は漢字で書くと縁起の良い魚なので、毎食、膳に出されるのだ。
わかりきってはいても、配膳係は魚の名を口にするのが定めなので、責めたら気の毒だ。

吉例の日は、甘鯛《あまだい》も付く。

いずれにしろ、焼き魚の骨取りは鬼役の鬼門《きもん》だ。

箸先で丹念に小骨を取らねばならない。

かたちを保ったまま身をほぐすのは熟練を要する至難の業、しかも、手間をかけずにやり遂げる必要がある。

新米の鬼役は、まずは骨取りで挫折を味わう。

最低でも三月は修業をかさねてから挑戦するのだが、本番ではうまくいかぬことが多い。

みな、蔵人介に助けられていた。

骨取りに関しては、名人の域にある。

蔵人介は瞬きもせず、息継ぎすらしない。

鱚に全神経を集中し、的確に役目をこなしていく。

最後に寄せ集めた身を口に入れ、ゆっくり咀嚼《そしゃく》するのだ。

「ふむ、よし」

難関を乗りこえたら、あとは置合《おきあ》わせの玉子焼、青首《あおくび》（真鴨《まがも》の雄）の炙り肉、お壺の鱲子《からすみ》といった定番の献立を毒味し、ようやく、役目は終わる。

毒味の済んだ料理は、汁物なら「お次《つぎ》」と呼ばれる隣部屋で温めなおさねばならない。すべての料理を椀や皿に盛りなおし、梨子地金蒔絵《なしじきんまきえ》の懸盤《かけばん》に並べかえる。さらに、銀舎利《ぎんしゃり》の詰まったお櫃《ひつ》が仕度され、公方の待つ御休息之間へ運ばれていくのだ。

鬼役はふたりずつで交替し、相番《あいばん》はどちらか一方が毒味役となり、別のひとりは見届け役にまわる。

本丸の鬼役は五人いるのだが、蔵人介以外は入れ替わりが激しい。長くとも三年ほどで役目替えを赦され、然《しか》るべき地位へ昇進する。毒味に熟達する暇がないので、みな、見届け役にまわりたがった。蔵人介は毒味役のほうが気楽なので、頼まれずとも引きうける。当然、ほかの鬼役たちは蔵人介と相番になることをのぞんだ。

「いつもながら、鮮やかなお手並みにござりました」

相番の桜木兵庫《さくらぎひょうご》が、好奇の色を隠しもせずに喋りかけてきた。

「矢背どのも、さぞや気苦労の多いことでしょう。ご同情申しあげる」

「なんのことかな」

「ふふ、ご妻女のことでござるよ」

意地悪そうに笑う桜木は齢《よわい》三十五、豚のように肥え、正座しているだけでも玉の汗を掻いている。御膳奉行など腰掛けにすぎぬと、常日頃から公言して憚《はばか》らぬ嫌味な男だ。

蔵人介に相番を選ぶことはできない。

毒味御用のとき以外は暇なので、桜木に当たらぬようにと、いつも願っていた。

「お聞きしましたぞ。ご妻女は弓の名手であられるとか」

「ええ、まあ」

「小笠原流の免許皆伝《かいでん》と申せば、騎射もお手のものでしょう」

蔵人介は桜木を睨みつけた。

「それが、どうかなされたか」

「女性《にょしょう》の身で駒場野の弓競べに出られるとか」

「なぜそれを」

「知らぬ者とておりませぬよ。城内ではもっぱらの評判でござる」

「まことか、それは」

「知らぬは亭主ばかりなりか、ぐふふ」

小馬鹿にした物言いをされ、かちんときた。

桜木のほうは、気にする素振りもみせない。

「武家の妻女であれば、どなたでも参加できるのだとか。とは申せ、番方の猛者《もさ》どもにまじって雉《きじ》を落とそうなどと、かように物好きな女性もおりますまい」

「家内を物好き呼ばわりいたすのか」

「くく、お怒りめさるな」

はぐらかされ、蔵人介は怒りを吞みこんだ。

弓競べは家慶立会いのもと、上目黒村の駒場野にておこなわれる。

駒場野は代々木野《よよぎの》に繫がる広野。従前《じゆうぜん》から猟場《りようば》として知られ、師走《しわす》の煤《すす》払いも終わるころになると、野鳥狩りが盛んにおこなわれた。野雉のほかに鶉《うずら》や雲雀《ひばり》などを獲物にし、近在の農家からは獲物の鳥を追いたてる多くの勢子《せこ》が駆りだされる。

桜木によれば、弓競べは一対一の勝ちぬき戦で、主に野雉を狙い、仕留めた獲物の数で勝負を決めるらしかった。

「持ち矢は一度の勝負で十本。勝負が決まらぬときはさらに十本が加算され、勝負が決まるまで繰りかえされます」

最後に勝ちのこった者に与えられる褒賞は時服一襲《じふくひとかさね》、家慶から直々に下賜されるという。

つまり、与えられるものは名誉であった。

「下馬評というものがございましてな」

「ほう」

弓競べに参加しない幕臣たちは、賭事の対象にしているらしい。

「不謹慎な」

「みつかれば、お叱りを受けます。されど、正月の餅代がわりに稼ごうという者はけっこういる。かくいう拙者もここだけのはなし、やろうかなとおもうております」

「勝手になさるがよい」

「矢背どののご妻女に賭ける手もあるが、やはり、無謀というものでござりましょう。じつは、二年つづけて頂点に立った名人がおりましてな。おおかたの勝ち予想は、そちらに集まっております。名を知りたくはありませんか」

「別に」

「ふふ、お教えしましょう。西ノ丸書院番の二番組組頭、塚越弥十郎さまにござる」

「ん」

「どうなされた、お知りあいか」

「いや」

「聞くところによれば、大身旗本《たいしん》の惣領《そうりよう》にして城内随一の弓名人とか。ご妻女には申し訳ないが、拙者も勝ち馬に乗ってみようかと」

「なるほど、そういうことか」

蔵人介は合点《がてん》した。

志乃は幸恵に勝たせ、磯貝老人が怨念を抱く塚越に満座の中で恥を掻かせるつもりなのだ。

江戸城随一の名手が女に負ければ、その屈辱《くつじよく》は計り知れない。ただ、弓競べで負かすことはできても、磯貝新吾の恨みを晴らしたことにはなるまい。そもそも、幸恵が勝つという保証はどこにもないのだ。

「師走のささやかな楽しみにござる。賭け金さえ頂戴できれば、拙者が手続きを代行いたしますぞ。ふふ、いかがなされます」

賭けるとすれば、幸恵に賭けるしかあるまい。だが、賭けの対象にしたことが知れたら大変だ。志乃などは激昂し、先祖伝来の「鬼斬り国綱」で斬りかかってくるかもしれぬ。

「なにやら、おもしろそうだな」

蔵人介は悪戯心を刺激され、賭けてみる気になった。

「されば、賭け金を」

「ふむ」

なけなしの一朱金《しゅきん》を手渡すと、肥えた鬼役はにんまり笑い、太鼓腹をぽんと叩いた。

「やはり、ご妻女にお賭けでしょうな」

「ほかに誰がおる」

蔵人介は憮然《ぶぜん》と吐きすてた。

四

師走十四日、曇天。

「わあああ」

勢子たちの喊声《かんせい》とともに、鳴り物が響きはじめた。

鳥が一斉に飛びたち、二方向から矢が放たれる。

一羽が落ち、すぐに別の一羽が落ちた。

駒場野は一面の雪に覆われ、随所に灌木《かんぼく》が生えている。

鳥の隠れ処《が》はいくらでもあった。

いまや、弓競べも佳境にはいりつつある。

射手は八人に絞られ、四組に分かれて一騎打ちがおこなわれているのだ。

これまでは大人数で数組に分かれ、一斉に矢を放った。

おなじ雉を狙うこともあり、矢を番えて射るまでの素早さが求められた。

上の土俵にあがるには、矢を射る技倆《ぎりょう》にくわえて冷静さや体力も必要になってくる。みなの度肝を抜いたのは、八人のなかに幸恵がのこっていることだった。

「あっぱれ、あっぱれ」

葵紋の染めぬかれた陣幕のなか、猩々《しょうじょう》緋《ひ》の陣羽織を纏った四十男が床几《しょうぎ》に座り、赤ら顔で叫んでいる。

「酒をもて。大盃になみなみと注ぐのじゃ」

徳川家慶、無類の大酒呑み、ほかにこれといって取り柄はない。

父の家斉が「好色公方」ならば、子は「蟒蛇《うわばみ》どの」などと揶揄されていた。

いつまで経っても将軍職を継ぐことができず、西ノ丸の御殿で根が生えたように待ちつづけ、父への反撥《はんぱつ》を腹に溜めこんで過ごすうちに、腑抜けも同然になってしまった。

器量を問えば、父に輪を掛けて暗愚らしい。

いまや、幕府財政は火の車、地震や大水といった天変地異もかさなり、日の本全土は疲弊《ひへい》の極みにあった。旱魃《かんばつ》で干涸《ひから》びた水田、痩せた畑、全国の村々では娘売り、子殺し、逃散《ちょうさん》、一揆《いっき》のたぐいが後を絶たない。血に飢えた無頼漢どもは城下へなだれこみ、悪辣非道《あくらつひどう》な蛮行を繰りかえし、江戸市中でも押しこみ強盗や火付け、辻斬りのたぐいはめずらしいことではなくなった。

にもかかわらず、世情に疎《うと》い家慶は安楽な城暮らしをつづけ、鷹狩りを催しては憂さを晴らしている。諫言《かんげん》におよぶ家臣も周囲には見当たらず、政事《まつりごと》は家斉の側近たちに牛耳られていた。

「お世継ぎさまに酒をもて。早うせい。毒味はまだか」

奸臣《かんしん》の筆頭ともいうべき老臣が、家慶の背後に侍っている。

本丸小納戸頭取、中野清茂《なかのきよしげ》、公方の寵愛を受けるお美代《みよ》の方の養父でもあった。

碩翁《せきおう》という隠号《いんごう》を名乗るようになってからも、職禄千五百石の重職に留まり、家斉の厚い信任を得て中奥を取りしきっている。「影の老中」とまで囁かれる人物が駒場野にやってきたのは、公方に「そうせい」と命じられたからだ。

このところ、何度かこうしたことがつづいている。帝王学の一環との見方もあり、城内では「すわっ、将軍交替の時期や近し」という憶測が飛びかっていた。

碩翁に指名され、鬼役が何人か随行させられた。

そのなかに、蔵人介の姿もある。

陣幕の隅に座り、家慶に饗《きょう》される呑み物を毒味する役目だ。

蔵人介は朝から、酒ばかり呑んでいる。

灘《なだ》の新酒を一升近くは呑んだが、けろりとしていた。

同じ陣幕の内なので、世嗣と奸臣の会話が聞こえてくる。

「爺、あれにある女射手、莫迦にしたものではないぞ。みよ、凛々《りり》しい立ち姿ではないか」

太い声を掛けられ、碩翁が膝を寄せる。

「殿、あれは矢背幸恵と申しまして、鬼役めの妻女にござりまする」

「なに、鬼役の」

「はは、亭主はあれに控える矢背蔵人介めにござりまする」

「どれ」

家慶は首を捻り、こちらに目をくれた。

おもわず、蔵人介は頭を垂れる。

「ふうん、さようか」

とりたてて興味もしめさず、家慶は正面にむきなおる。

碩翁は横をむき、しかめ面をしてみせた。

「あれなる幸恵、頑固一徹な徒目付の娘にござりまする」

「ふうん」

どうでもよいはなしのようだ。

「ほれ、またひとつ勝ちぬけたぞ」

「さようですな」

射手は四人に絞られた。

そのなかに、塚越弥十郎の名もある。

「爺、あのうらなり侍、実力は抜きんでておるな」

「お忘れでござりまするか。昨年も一昨年も、あの塚越が最上弓取りの名を手にしてござりまする」

「そうであったかな」

「今年もおそらく、塚越で決まりでしょう」

「わからぬぞ。鬼役の妻女がおるではないか」

　じつは、碩翁も賭けに参加し、塚越の勝利に大金を投じている。無論、巧みに隠《いん》蔽《ぺい》しているので、みつかる怖れはない。皺顔の老爺《ろうや》になっても底無しの物欲だけは衰えを知らぬようだ。

「爺、ふたりが外した矢は何本じゃ」

「は、しばらくお待ちを」

　碩翁は審判役の小姓を呼びつけた。

　家慶の問いを繰りかえすと、数ある弓自慢のなかで塚越と幸恵だけは一本も外していないという。

「ほほう。やはり、ふたりが双璧か」

　成績のとおり、塚越と幸恵のふたりが勝ちのこった。

「殿、いよいよ、一騎打ちでござりますな」

「ふむ。鬼役の妻女が勝ったならば、それはそれでおもしろかろう。されど、おなごに負けたとなれば直参《じきさん》の恥じゃ。塚越なるうらなり侍、腹でも切って詫びるしかあるまい。のう、爺。ぬはは」
冗談で済まぬことを口にし、暗愚な世嗣は大笑してみせる。
碩翁は苦笑した。
よもや負けることはなかろうが、負けたら腹を切らさねばなるまい。
家慶のことばは波紋のようにひろまり、塚越弥十郎の耳にもはいった。
幸恵は笑いもせず、怒りもせず、静かに弓を構えている。
すでに、九十本の矢を放っていた。
それは塚越もおなじ、最後の勝負が終われば矢の数は百本になる。
双方とも、正直、腕があがらぬほど疲れていた。
しかし、百本で勝負がつくとはかぎらない。
どちらかが外すまで、勝負は永遠につづくのだ。
蔵人介は瞬きひとつせず、幸恵の雄姿をみつめた。
「がんばれ、幸恵」
誰かに何かを訊かれれば、感極まってしまうだろう。
それほど、深い感動をおぼえていた。
ここまでくれば、勝敗はどうでもよい。

幸恵に金を賭けたことも、すっかり忘れている。

「矢背、おい、矢背よ」

碩翁に低声《こごえ》で呼ばれ、蔵人介はわれにかえった。

「おぬしに頼みがある」

「なんでござりましょう」

「最後の勝負まで今少し間がある。奥方のところへ行かせてやろう」

「お気遣いは無用にござります」

「気など遣っておらぬ。あのな、奥方に勝ってはならぬと伝えるのじゃ」

「え」

「命にしたがえぬと申すなら、亭主は鬼役を解かれ、即刻、小普請《こぶしん》入りじゃ」

「なにゆえ、負けねばならぬのでしょう」

「決まっておろう、おなごだからじゃ」

「そんな」

「お世継ぎさまのご下命じゃ。口応えは容赦せぬぞ」

嘘であろう。碩翁の一存で命じているのだ。

策士は用件だけ伝えると、家慶のそばにもどっていった。

蔵人介はゆらりと立ちあがり、死人のような顔で陣幕の外へ出た。

幸恵が勝てば、明日から役目を失う。二百俵の扶持を貰《もら》えなくなる。

家族を路頭に迷わすわけにはいかない。それだけは避けねばならぬ。

かといって、どの面さげて、幸恵に負けろと言えばよいのだ。

「鬼役どの、お待ちを」

図体のでかい男が歩み寄り、行く手を塞ぐように立ちどまった。

「矢背蔵人介さまですな」

「そちらは」

「拍子木役の安西彦之丞にござる」

と聞き、蔵人介は身構えた。

安西と言えば、磯貝新吾を殺めた組下のひとりだ。

「碩翁さまからお聞きしております。案内いたしますゆえ、あちらへ」

枯野を面前にして、手前に塚越弥十郎、むこうに幸恵が立っている。

陣幕の内外に控える供侍も、灌木の陰に潜む勢子たちも、固唾《かたず》を呑んで勝負の行方を見守っていた。

合図を送る栄誉に与《あずか》った安西はまず、蔵人介を塚越に引きあわせた。

「組頭さま、こちらは御膳奉行の矢背蔵人介さまにござります。あちらにおわす猛女どののご亭主にあらせられる」

「ほう」

「碩翁さまのお指図により、ご妻女に激励を」

「ふん、くだらぬ。鴛鴦《おしどり》夫婦ぶりをみせつけても、わしの心を乱すことはかなわぬぞ。勝手にやるがよい」

「では、失礼つかまつる」

安西はにやりと笑い、蔵人介を幸恵のもとへ導いた。

「拙者は遠慮いたします。さ、鬼役どの、ご存分に」

蔵人介は黙って頷き、幸恵のもとに近づいた。

低声で喋れば、夫婦の会話は誰にも聞かれまい。

幸恵は、雪のように白い顔をこちらにむけた。

神々《こうごう》しすぎて、はなし掛けることもできない。

「よくぞ、ここまで勝ちのこったな。立派なものだ」

なんとか、褒め言葉を口にする。

幸恵は微動だにせず、じっと睨みつけてきた。

「何用にござります」

「碩翁さまに命じられてまいった」

「なるほど」

「何を納得しておる」

「負けろと仰るのですね」

鋭い。

だが、蔵人介は笑って応じた。

「氷のごとく冷たい碩翁さまにも、熱い血がかよっておった。妻を激励してまいれと仰ってな。それで、のこのこやってきたのだ」

「さようでしたか」

幸恵は哀しげに微笑み、ふっと目を伏せた。

「用は済んだ。邪魔をしたな」

「はい」

蔵人介はくるりと踵《きびす》を返し、一度も振りかえらなかった。

幸恵の刺すような眼差しを感じつつ、舞台から去っていく。

すぐのち、高みにある家慶から催促がはいった。

「ご両者、お仕度を」

安西彦之丞の号令一下、勢子たちが息を殺して身構える。

幸恵と塚越が一本目の矢を番え、弓弦を引きしぼった。

「それ」

勢子たちが騒ぎたて、鳴り物も響きわたる。

突如、数羽の雉が飛びたった。

びん、びん、と弦音が重なる。

家慶も碩翁も身を乗りだした。

次の瞬間、一本の矢が獲物の胴を見事に射抜いた。

が、もう一本の矢は獲物の背を掠《かす》め、虚空に弧を描いて落ちた。

「お、外したぞ」

家慶が身を乗りだし、驚きの声をあげる。

碩翁はこちらに首を捻り、嘲笑してみせた。

――腰抜けめ。

そう、言われているような気がした。

「くそっ、わしのせいで負けたのだ」

蔵人介は眸子を充血させ、毒味の酒をひと息に呷《あお》った。

矢はあと九本のこっている。弓競べはまだつづいていた。

が、もはや、勝負は決している。幸恵に勝ち目はない。

五

志乃のもくろみは外れてしまったが、幸恵の名声は城の内外に鳴りひびいた。

見も知らぬ御用商人が大挙して押しよせ、祝いの品を置いていったりもする。

志乃は「正月がひと足さきに来たようなもの。美味しいものなら遠慮なく頂戴しておきなさい」と述べ、たいそう喜んでいる。応対に追われる幸恵は迷惑そうだ。

一方、弓競べで勝者になった塚越弥十郎の存在はかすみ、本人は大いに腹を立てているとの噂も聞こえてくる。

なんでも、褒美の時服を下賜される際、家慶に「おなごに勝ちを譲られて、そんなに嬉しいか」と、皮肉を言われたらしかった。塚越は自邸にもどると、時服を裂いてまで口惜しがったというのだ。

「根も葉もない噂でしょう」

幸恵は平然と受けながし、大根の皮などを剝いている。

立場がないのは、蔵人介だった。

そうせざるを得なかったとはいえ、碩翁に命じられるがまま、幸恵のもとへ足を運んだ。命じられたことと反対の台詞を吐いたにしても、足を運んだ時点で勝負は決していたのだ。

幸恵も志乃もすべてを承知していながら、責めようとはしない。

よそよそしい態度で接してこられるのが、蔵人介には我慢ならなかった。

「お気に病まれますな。義兄上《あにうえ》のせいではござりませぬ」

夕刻、義弟の綾辻市之進《いちのしん》が手土産を提《さ》げてあらわれ、そんなふうに慰めてくれた。

飯田町《いいだまち》の俎《まないた》河岸にある幸恵の実家から、月に一度は遊びにやってくる。

徒目付《かちめつけ》の手本にしてもよいような融通《ゆうずう》の利かない男で、見てくれはさほど悪くもないのだが、三十を過ぎても独り身だった。

「市之進、たまには外に出ぬか」

「はあ」

蔵人介は幸恵に夕餉はいらぬと告げ、市之進を夕暮れの町に連れだした。

神楽坂《かぐらざか》は毘沙門《びしゃもん》堂の裏手に、河豚を食わせる店がある。

遠慮する市之進の袖を引き、蔵人介は『黒さわ』という店の暖簾をくぐった。

「おや、おめずらしい」

人懐こそうな親爺が、満面の笑みで出迎えてくれた。

「お殿さま、お元気そうでなによりにござります」

「そちらもお元気そうで。父に聞きましたぞ、お孫さんができたそうですね」

「へへ。いやだなあ、孫兵衛《まごべえ》さんはそんなことまで」

「楽しみが増えて、けっこうなことです。では、いつものを頼めますかな」

「はいはい。熱燗《あつかん》でも飲《や》りながら、ちょいと待っておくんなさい」

市之進ともども、衝立《ついたて》で仕切られた奥の床几に案内された。

ほかにも客はいたが、暮れ六つ前なので空いている。

蔵人介は出された熱燗をくっと呑み、おもむろに喋りだした。

「あの親爺さん、実父《ちち》の元同僚でな」

「すると、天守番を」

「ふむ。ありもせぬ御城の天守を守るよりも、河豚の肝を抜くほうが性に合っていたらしい」

「河豚はどうも」

「たしか、お父上も隠居なされ、神楽坂で料理人になられたとお聞きしましたが」

「小料理屋の美人女将《おかみ》に惚れちまってな、ふふ、刀を捨てて庖丁を握ったのさ。ま、そっちに顔を出す手もあったが、河豚は食わせてもらえぬ。鬼役が河豚毒にあたって死んだら洒落にもならぬと、叱られるのがおちだ」

「なるほど、それでこちらへ」

「寒いときは鍋にかぎる。なかでも、河豚鍋は最高よ。命懸けで食うのがいい」

「はあ」

浮かぬ顔の市之進を尻目に、河豚の切り身と季節の野菜が大皿にどっさり盛られて運ばれてきた。

出汁の煮立った鍋を七輪に掛け、切り身と野菜をぶっこんで豪快に食べる。

そして、仕上げは卵とじの雑炊で決める。

「これがたまらぬ」

ふたりは喋りもせずに食べつづけ、膨れた腹をさすった。

「満腹、満腹。どうじゃ、市之進」

「は、もう食えませぬ」

などと言いながら、市之進は鍋の底を漁《あさ》ろうとする。大食漢なのだ。

「それにしても、姉上はなぜ、弓競べなぞに出られたのでしょう」

「それはな」

蔵人介が経緯を説くと、市之進はようやく納得顔になった。

「やはり、塚越弥十郎にはさような過去があったのですか」

「何か、おもいあたる節でもあるのか」

「組下に素行のよろしからぬ者を飼っております。名は安西彦之丞」

「安西なら、拍子木役をつとめておったぞ」

「塚越子飼いの狂犬ですよ。なんでも、梶《かじ》派一刀《いっとう》流の遣い手とか。安西は力のあり余った部屋住み連中を掻き集め、番町《ばんちょう》の善國寺《ぜんこくじ》谷にある道場で鍛えあげているそうです。道場の主というのが素姓も知れぬ浪人者でしてね、実体は安西たち数人が牛耳っている。もちろん、裏には塚越弥十郎が控えております。厄介なことに、道場で竹刀《しない》だけ振っておればよいものを、安西たちは夜になると徒党を組み、商人の宴席などを荒らしまわっておるとも聞きました」

「目付は動かぬのか」

「動きたくとも動けませぬ。塚越弥十郎の父親というのが大物でして」

「ほう」

「百人組之頭《ひゃくにんぐみのかしら》、塚越外記《げき》さまにございます」

百人組之頭といえば職禄三千石の重臣、筆頭目付も頭があがらない。

「そういうことか」

蔵人介は、不味《まず》そうな顔で酒を呑む。

「表立って動けば、潰されるだけか」

「まず、仇討《あだう》ちは認められませぬな。磯貝新吾どのの死が塚越や安西らのいじめに拠《よ》るものであったとしても、親が子の仇を討つは逆縁、御法度で禁じられております。心情では哀れなご老人に助太刀いたしたいところですがね」

公儀に正式な仇討ちと認められない以上、刃を交えれば私闘としてあつかわれ、双方とも断罪を免れない。仕掛けたほうが一等重い罪に問われるのはあきらかだ。

「白刃を抜けば、死罪となりましょう」

「承知しておる。じゃによって、養母上なぞはこう仰るのよ。闇から闇に葬れとな」

「それはいけませぬな」

四角四面の徒目付としては、聞き捨てならない台詞にちがいない。

「なればよ、市之進。おぬしから養母上に強意見してもらえぬだろうか」

「え、どうやって」

「可哀相だが、所詮は他人事。養母上が亡き父上の誼《よしみ》でこの件に首を突っこめば、一族郎党に迷惑が掛かるとでも言うてやれ」

「義兄上、それを仰りたいがために、河豚鍋を」

「さよう、馳走してやったのだ。やっとわかったか」

「できませぬ。できるわけがありませぬ。志乃さまに強意見なぞ吐こうものなら、薙刀で鱠《なます》に刻まれてしまいます」

「無理か」

「千両貰っても無理ですな」

「困った」

志乃はきっと、つぎの仕掛けを考えているはずだ。

それを阻むよりも、本心では助けたい気持ちになっている。

相手は予想以上に手強い。中途半端な気持ちで掛かれば大怪我をするぞと、蔵人介はおもった。

六

弓競べの十日後、幸恵が襲われた。

浄瑠璃坂の雪道で足許を気にしながら登っていると、坂上から滑るように下りてきた宗十郎《そうじゅうろう》頭巾の侍に斬りつけられ、肩口に浅く金瘡《きず》を負った。

さいわい、御納戸町に住む知り合いの旗本主従が通りかかり、大声をあげたため九死に一生を得たが、心に恐怖を植えつけられた。おかげで、幸恵は丸一日というもの、声を失ってしまったのだ。

襲ってきた相手が誰であったかは、姿からほぼ特定することができた。

「安西彦之丞。幸恵さんを傷つけた技は一刀流の斬りおとしです。武術の心得がある幸恵さんでなければ、落命しておりましたよ。ほんとうに申し訳ないことをしてしまいました。この責めはすべて、わたくしにあります」

志乃はつとめて平静を装い、内に怒りを込めながら洩らす。

「決着をつけねばなりますまい」

尋常ならざる決意を秘め、翌朝、志乃は屋敷から消えた。

まさかとおもって仏間へ踏みこんでみると、長押《なげし》から「鬼斬り国綱」も消えている。

傷の癒《い》えきっていない幸恵は目に涙を溜め、蔵人介の弱腰を詰った。

「弓競べでは足を引っ張り、妻が傷つけられたというのに腰をあげもしない。それでも武家の主人ですか。お義母さまは疾《と》うに見切りをつけられ、ひとりで行ってしまいになられたのですよ」

執拗《しつよう》に責める幸恵にというよりも、蔵人介は煮えきらぬ自分に腹が立った。

下手に加勢すれば、志乃や幸恵に過去の行状がばれてしまうかもしれない。それのみを怖れ、踏みこめずにいるのだ。

が、もはや、躊躇《ためら》っているときではなかった。

「ちと行ってくる」

蔵人介は、愛刀の来国次を腰帯に差した。

幸恵は傷の痛みに耐えながら、縋《すが》るように質す。

「いったいどこへ。あてはおありなのですか」

「待っておれ」

後ろ手に障子を閉め、廊下を足早に渡った。

行き先のあてはある。串部に調べさせたのだ。

蔵人介は浄瑠璃坂を駆けおり、市谷御門へむかった。

御門を潜って番町へ踏みこみ、迷路のような隘路《あいろ》をたどる。

めざすは麹町《こうじまち》五丁目と六丁目の狭間、番町側の火除地《ひよけち》と善國寺の狭間に深い谷がある。

善國寺谷と通称される谷間に剣術道場があり、非番のときにはかならず、安西とその仲間たちが屯《たむろ》しているらしかった。

おそらく、志乃は道場へむかったにちがいない。

蔵人介は馬のように白い息を吐き、駆けに駆けた。

たどりついてみると、善國寺谷は深い霧に包まれている。

霧を泳ぐように下りていくと、はたして、道場はあった。

櫺子《れんじ》窓に近づくにつれ、殺気のようなものが迫ってくる。

「いやっ」

突如、鋭い気合いが沈黙を裂いた。

「養母上《ははうえ》」

必死に叫びながら、蔵人介は躍りこむ。

門人たちの厳しい目が一斉に集まった。
二、三十人はおり、みな、正座している。
耳を澄ますと、隅のほうから呻《うめ》き声が聞こえてきた。
志乃に叩きのめされたのであろう。ふたりの男が怪我を負っている。
板の間には、志乃と安西が対峙していた。
磯貝新兵衛の皺顔もみえる。
志乃と磯貝老人は白装束に身を固め、白鉢巻きまで締めていた。
還暦を過ぎた老身に鞭《むち》打ち、ふたりで仇討ちにやってきたのだ。
が、志乃の手に「国綱」は握られていない。
握っているのは、蛤刃《はまぐりば》の木刀だった。
薙刀ではなく、木刀で闘っているのだ。
伝来の「国綱」は磯貝老人の手にあった。
「養母上」
蔵人介が呼び掛けると、志乃の瞳が動いた。
「おちょっ」
すかさず、安西が打ちかかってくる。

こちらも木刀だが、尋常な気合いではない。

「はっ」

志乃は上段の一撃を見事に弾き、ひらりと真横に跳んだ。

安西はたたらをふみ、口惜しげに目を剝いてみせる。

志乃は青眼《せいがん》に構えなおし、静かに語り掛けてきた。

「すでに、神山伊賀之助と沼田伊織は打ちすえました」

手甲《てっこう》を砕かれていた。剣は二度と握れまい。箸を使うのも不便となろう。

斬らずに、生かす。ただし、生きる苦しみを与えてやる。

それが、志乃の考えた仇討ちであった。

磯貝老人に文句はあるまい。

「道場破りとはちがいます。わたくしが負けたら、鬼斬り国綱を進呈いたす。この条件で尋常の勝負を申しこんだのですからね」

志乃らしく、真正面から潔く挑んだのだ。

道場主代理でもある安西は、独断で申し出を受けた。

磯貝新兵衛の仇討ちと聞き、捨ておけなくなったのだ。

――ええい、小癪《こしゃく》な。

相手が老女であろうと、容赦はしない。

しかも、返り討ちにすれば、骨董屋の買値でも百両はくだらない「鬼斬り国綱」を手にできる。これぞ一攫千金《いっかくせんきん》、濡れ手で粟《あわ》。先鋒《せんぽう》に指名された神山と沼田を軽い気持ちで送りだしたところ、強烈なしっぺ返しを受けた。

志乃は賢い。相手の盲点をついている。

老女に敗れたことが世間に知れたら、それこそ道場の恥辱、門弟はひとりも集まらなくなる。となれば、今ここで起こったことは表沙汰にはされぬであろう。ならば思う存分、叩きのめしてやればよいのだ。

志乃は一分の隙もみせず、蔵人介に言いはなつ。

「助っ人は無用。座って眺めておりなされ」

木刀の先端が、ぶんと音を起《た》てた。

真剣にも勝る凄味がある。

打ちどころによっては致命傷となろう。

斬れ味の鋭さで肉を斬るのではなく、これは相手の骨を砕く勝負なのだ。

となれば、膂力《りょりょく》のある安西有利とみえたが、まちがいであることはすぐにわかった。

肩で息をしている安西にくらべ、志乃はわずかも呼吸を乱していない。
みずからは仕掛けず、つねに誘いかけ、返しの一撃で戦意を殺《そ》いでいく。
段位がちがうと、蔵人介はおもった。
しかし、窮鼠《きゅうそ》となった安西にも、一刀流免許皆伝の意地がある。
「とあっ」
鋭い踏みこみから、上段の斬りおとしを浴びせかけた。
ふっと、志乃のすがたが消えた。
「上だ」
門弟が叫ぶ。
つられて、安西は顔をあげた。
ふわりと、薄衣が舞いおりてくる。
志乃は、いない。
「ぬおっ」
つぎの瞬間、安西は股間に激痛をおぼえた。
上ではなく、志乃は下に身を沈めたのだ。
沈めると同時に、蛤刃でがら空きの股間を突いた。

安西はその場に蹲《うずくま》り、口から泡を吹いて痙攣《けいれん》しはじめた。

一命をとりとめても、男として再生する道は閉ざされたことだろう。

門弟たちは恐怖におののきつつも、数にことよせて殺気を帯びはじめる。

志乃の凜《りん》とした声が、道場に響きわたった。

「お待ちなさい。これは仇討ちです。板の間の遊びではありませんよ」

木刀をからんと投げ捨て、彫像《ちょうぞう》のように固まった磯貝老人の手から「国綱」を受けとった。石突きで床を叩いて鞘を外し、頭上で二度三度と旋回させて、ぴたりと青眼に静止させる。

「命のいらぬ者はかかってくるがよい。素首《そっくび》を薙いで進ぜよう」

腰をあげる無謀者など、誰ひとりいない。

志乃は磯貝老人をしたがえ、颯爽と道場をあとにした。

蔵人介も立ちあがり、しんがりから慌《あわ》ててあとを追う。

志乃の背中が、異様に大きくみえた。

これほどまでに、誰かを誇らしいと感じたことはなかった。

正月でもあるまいに、濠端で奴凧《やっこだこ》をあげている童子を見掛けた。
しばらく眺めていると糸が切れ、風巻《しまき》に押しあげられた奴凧は遥か曇天の彼方へ消えてしまった。

七

そのときに感じた凶兆が、現実のものとなった。
深夜、丑《うし》ノ上刻（午前一時）を過ぎたころ。
突如、屋敷全体が震えだした。
「地震《ない》か」
蔵人介は褥から飛びおきた。
幸恵も傷ついた身を起こし、鐵太郎のほうへ這ってゆく。
地震ではない。
大屋根や雨戸が、鉄の霰《あられ》に叩きつけられているようだ。
暗い廊下へ出ると、閉めきった雨戸が揺れていた。
家にいても天井の屋根瓦が弾けとぶ気配を感じる。

「蔵人介どの、敵襲です」

廊下のむこうから、志乃が叫んだ。

「敵が夜襲を仕掛けてまいりました」

「なんですと」

「斬りかかってくるやもしれませぬ。仕度を」

まさか、戦国の世でもあるまいに、甲冑《かっちゅう》でも纏えというのか。

「聞こえませぬか、弓弦を弾く音が」

腰を屈め、耳を澄ます。

――びん、びん。

遠くのほうから、不快な音が聞こえてきた。

が、激しいのは闇を切りさく矢音のほうだ。

刹那《せつな》、雨戸が一枚跳ねとんだ。

「うわっ」

突風とともに、矢の束が襲いかかってくる。

何本かの矢が障子を破り、寝所に飛びこんだ。

「幸恵、鐡太郎」

叫びながら、寝所に転がりこむ。

「どこにおる」

「こちらに」

ふたりは咄嗟《とっさ》に逃れ、長火鉢の陰に隠れていた。

盾にした長火鉢にも、矢が一本突きたっている。

「無事か。怪我は」

「ございませぬ」

「よし」

蔵人介は踵《きびす》を返した。

使用人たちの安否が案じられる。

「お殿さま」

下男の吾助が廊下を這うようにやってきた。

「おう、吾助か。みなは」

「無事にございます」

「そうか。よし」

やがて、鳴動はおさまった。

嘘のような静けさが、屋敷全体をとりつつむ。

雨戸の狭間から、蔵人介は怖る怖る顔を出した。

「なんと」

眼前には、信じがたい光景がひろがっている。

家屋の壁、雨戸、大屋根、いたるところに矢が刺さっていた。

「まるで、針鼠の館ですね」

志乃が深々と溜息を吐いた。

地面にも、足の踏み場に困るほど矢が刺さっている。

大人数で塀の外から、山なりに射たのであろう。

「報復にしても、ここまでやりますかね」

さすがに、志乃も啞然としている。

塚越弥十郎は安西たちの不甲斐なさを知り、おそらくは烈火のごとく怒りあげた。百人組を束ねる父に懇願し、弓組の連中を総動員させたのだろう。

「自分の力を、これでもかと誇示したいのでしょう。それにしても、常軌を逸しているとしか言えませんね」

調べによれば、弥十郎は怒らせたら何をしでかすかわからぬ男らしい。

妻がふたりとも逃げたのは、暴力をふるわれたからだ。

二人目の妻が実家へ逃げもどって以来、縁談話はないという。

それでも、弥十郎は家禄三千石の大身を継ぐべき塚越家の惣領にほかならなかった。

金と権力の笠に守られている。容易に逆らえる相手ではない。

「お義母さま、あれを」

幸恵が何かをみつけ、灯明を高く翳《かざ》してみせた。

塀際に植わった忍冬《すいかずら》の根元に、黒いものが蹲っている。

「あれは、人です。蔵人介どの」

「は」

志乃に促され、蔵人介は庭下駄をつっかけた。

もはや、誰かはわかっている。

「磯貝どの」

無事を念じながら、呼び掛けた。

どうやら、死んではいない。

生きてはいるものの、左胸に矢が立っている。

かつて、弓競べで野雉を射抜いた矢であろう。

抜いたら即死、抜かずとも長くは保つまい。

志乃と幸恵が小走りにやってきた。

「う」

蔵人介が肩を抱いてやると、磯貝老人は薄く眸子を開けた。

志乃が腰を屈めて覗きこむ。

「新兵衛どの、お気をたしかに」

「し、志乃さま……や、やられましたわい」

「死んではなりません」

「ご、ご迷惑をお掛けし……め、面目《めんぼく》ない」

「何が迷惑なものですか」

「か、かたじけない……こ、これで、新吾のもとへ……ゆ、逝けますわい」

磯貝老人はわずかに微笑み、かくんとうなだれた。

幸恵の啜り泣きが聞こえた。

志乃は目を真っ赤にしている。

ふたりは充分に誠意を尽くした。やれることは、ここまでだ。

漆黒の空から、白いものが落ちてくる。

蔵人介は口惜しさというよりも、言い知れぬ虚しさにとらわれた。

八

塚越弥十郎だけは、生かしておけない。

志乃は黙して語らないが、並々ならぬ決意のほどは窺えた。

だが、相手は尋常な神経の持ち主ではない。

しかも、駿河台《するがだい》に建つ広大な塚越邸は強固な砦《とりで》も同然だった。

正面から立ちむかっても、通用する相手ではなかろう。

さすがの志乃も考えあぐねたようで、秘かに幕府の重臣を頼った。

切り札ともいうべき人物こそ「目安箱の管理人」とも呼ばれる橘右近にほかならなかった。

師走二十七日。

蔵人介は何も知らずに出仕し、真夜中、御用之間に呼びつけられた。

黴臭《かび》い隠し部屋に踏みこんでみると、狭苦しいなかに灯明《とうみよう》を一本立て、丸眼鏡の橘が書状を読んでいる。

「おう、来たか」

ひょいと右手をあげ、きまりわるそうにおろす。

「まあ、座れ」

と、嗄《しやが》れ声を洩らした。

「失礼いたします」

「この書状、なんじゃとおもう」

「さあ」

「今日の目安じゃ。訴人は阿波徳島《あわとくしま》の百姓でな、村の惨状を切々と訴えておる。食う米がなく、餓死者まで出ておるらしい。三日前は出羽仙北《でわせんぼく》郡の百姓が同様の訴えを寄こした。ほかにもある。佐渡相川《さどあいかわ》郡の百姓なぞは地逃げをも辞さぬ覚悟でな、年貢米の軽減を訴えてきおった。村の代表になって江戸へやってきた訴人たちは、みな、打ち首覚悟じゃ」

愚昧《ぐまい》な領主と刺しちがえても、子供たちに明るい未来をのこしてやりたい。そのおもいを胸に、土壇《どだん》で首を落とされる。獄門台に晒された首は、貧しい百姓たちにとっては神仏も同然なのだ。

百姓の切実なおもいを汲みとるのが、政事を司《つかさど》るということではあるまいか。なれど、現実は厳しいと、橘は肩を落とす。

「百姓たちの言い分を呑んでおったら、年貢は枯れてしまう。侍の食う米がなくなる。そうなれば、徳川の世も泡と消えてしまう。わしはな、盤石《ばんじやく》に築かれたはずの徳川の堅城が今、音を起《た》てて崩れはじめたようにおもえてならぬのよ」

世を憂うのであれば、公方に諫言《かんげん》しろと、蔵人介は胸の裡《うち》で怒鳴りつけた。

「わしの諫言ごときで心変わりなされるのならば、百万遍《べん》でも諫言いたそう。上様が米一粒の価値をおわかりなら、世の中はもっとましになっておったはずじゃ。のう、そうはおもわぬか」

「はあ」

「ま、おぬしに愚痴っても詮無いはなしじゃ。さて、本題にはいろう。今宵、呼びつけた理由はわかっておろうな」

「いいえ」

「察しがわるいのう。志乃どのに頼まれたのじゃ、書院番の組頭をひとり、どうにかしてほしいとな」

「げっ」

「驚いたか。無理もあるまい。志乃どのとて、切羽詰《せっぱつ》まったうえでのことじゃ」

そういえば、志乃と橘は旧知の仲と聞いたことがあった。

「わしは志乃どのに惚れておった。おぬしの養父に取られてしまったがの。養父の信頼がおらなんだら、矢背家に婿入りしておったところじゃ」

もっとも、橘のごとき風采《ふうさい》のあがらぬ男を、志乃が好いたかどうかはわからぬ。

「むほほ、何十年ぶりかで再会してみたが、若々しゅうて驚かされたわ。あいかわらず美しいおなごじゃ」

若い時分の恋情というものは、なかなか消えぬものらしい。

志乃に潤んだ眸子で懇願され、橘の心はぐらついた。

「でな、塚越弥十郎なる者の行状を秘かに調べさせたのじゃ。そうしたらば、本人のみならず、父親の悪行も出るわ、出るわ」

塚越外記は組下の軽輩をけしかけ、複数の商人相手に強請《ゆすり》を繰りかえさせていた。そうやって稼いだ金品を、幕閣のお偉方にせっせと貢《みつ》いでいるのだという。

「野心旺盛な男でな、是が非でも奉行の座を射止めたいらしい。あやつのような悪党が勘定奉行にでもなったら、それこそ世の中はだめになる。早いとこ始末しておくのが肝要《かんよう》じゃ」

ゆえに、親子ともども腹を切らせようとも考えた。

が、外記は狡猾《こうかつ》な男で、悪事の証しをつかむのは難しい。

しかも、切腹は武士の面目を立たせてやる行為であった。

「それでは、志乃どのの気も晴れまい。磯貝新兵衛なる忠義者の遺志にもそぐわぬでな、やはり、なにがしかの手だてを講じ、弥十郎を成敗せねばならぬ。外記の始末はまた別の話じゃ」

橘は丸眼鏡を指でさげ、ぐっと睨みつけてくる。

「おぬしが殺るのじゃ」

「拙者が、なにゆえに」

「なにゆえも、かにゆえもあるものか」

志乃は橘に訴えたという。公方の近習に、悪辣非道な幕臣を葬る影の刺客がいると聞いた。近習を束ねる橘ならば、きっとそうした刺客と連絡《つなぎ》を取ることができるはずだと訴えたのだ。

「冷や汗を掻かされたぞ」

さような戯《ざ》れ言《ごと》を誰に聞いたのかと質しても、志乃にやんわりとはぐらかされた。

「すべてお見通しなのではと、勘ぐったほどじゃ。されど、志乃どのは死んだ信頼の裏の顔も、おぬしのことも知らぬ。知らずにわしのもとへ舞いこんでくるとは、勘の良い御仁よ。これもまた、因果な運命と言うべきものかもしれぬ」

まさか、養子に迎えた男が刺客などとは、夢にもおもうまい。

「志乃どのは申しておられたぞ。養子のおぬしさえしっかりしておれば、このような恥ずかしい訴えはせずに済んだであろうにとな。おぬしは人はよいが、肝の小さい腰抜け。由緒ある矢背家の当主としては、いかにも物足りないと嘆いておられたわ。あまりに心細いので、機会があったら強意見してやってほしいともな。ふほっ、おぬしもずいぶん、みくびられたものよのう。可笑《おか》しゅうて、腹が捩《よじ》れそうになったわ」

橘はひとしきり笑い、真顔にもどった。

「この一件、さほど容易ではないぞ。相手も充分に警戒しておろうからな。ともあれ、公人朝夕人の伝右衛門に申しつけ、段取りだけは立ててつかわす。年をまたいではならぬぞ。師走のうちに始末をつけねば、美味い餅も食えぬ。ほれ、礼を言わぬか」

「は、かたじけのうございます」

「蔵人介よ、これを機に刺客稼業にもどらぬか。塚越父子に似た悪党はいくらでもおる。そやつらを浄化せねば、幕府の屋台骨は腐ってゆく一方じゃ。のう、おぬしのごとき出世も名声も望まぬ凄腕が欲しいのよ」

「それとこれとは」

「はなしが別か。ふん、強情なやつめ。もうよい、去《い》ね」

「は」

蔵人介は平蜘蛛《ひらぐも》のように平伏し、隠し部屋を辞去《じきょ》した。

九

——とんとん、とんとん。

薄明の庭に、面打ちの鑿音《のみおと》が響いている。

時を刻むように、力強く、厳《おごそ》かに、それでいて胸を締めつけるような鑿音を耳にするのは、家人にとっても久方ぶりのことだ。

鐵太郎は静かな寝息を起てていたが、志乃も幸恵も褥のなかで目を醒ましていた。

蔵人介は自室に端座し、木曾《きそ》檜《ひのき》にむかって鑿を打ちこんでいる。

一心不乱に打ちこめば、あらゆる雑念は消えてしまう。
酒と釣りをのぞけば、面打ちが唯一の嗜《たしな》みでもあった。
はじめて鑿を握ったのは、いつのことであったか。
優に十年は経っていよう。
朧気《おぼろげ》に覚えている。
小雪のちらつく寒い晩だった。
飼い主の命を帯び、四つ辻に隠れて獲物を待った。
しかとは覚えていないが、旗本屋敷の集まる駿河台のどこかであったかとおもう。
爪先まで凍るようなおもいで、震えながら待ちつづけた。
すると、半刻《はんとき》（約一時間）ほどのち、頭巾をかぶった侍が建物の表口にあらわれた。
肥えた男のようにおもうが、そうでなかったかもしれない。
――殺れ。
心の声に背中を押され、闇に身を躍らせた。
斬らねばならぬ理由も告げられず、相手の素姓も判然としない。
興味を抱く必要もなかったし、抱こうともおもわなかった。

ただ、相手が悪人であることを信じ、白刃を抜いた。

――くわああ。

鮮血とともに、断末魔が尾を曳いた。

まるで、死に神が赤い口を開け、喚《おめ》きをあげているようだった。

びしゃっ、と返り血を浴びた。

胸乳のあたりから胴がちぎれ、ずり落ちたように感じられた。

しかとは覚えていない。

正直、斬った感触すらなかったのだ。

恐怖から逃れようと、ただ、後ろもみずに駆けつづけた。

誰かを斬ったはじめての晩だった。

――これがお役目なのか。

暗殺御用という役目に罪の意識と戸惑いがあった。

爾来《じらい》、誰かを斬るたびに、狂言面《きょうげんめん》を打つようになった。

経を念誦《ねんじゅ》しながら、鑿の一打一打に悔恨《かいこん》を込め、狂言面のなかでも人よりは鬼、神仏よりは鬼畜、鳥獣狐狸《こり》のたぐいを好んで打った。

面はおのが分身、心に潜む悪鬼の乗りうつった憑代《よりしろ》である。

面打ちという行為は殺めた者たちへの追悼供養であり、罪業を浄化する儀式にほかならなかった。

いつのころからか、面打ちの鑿音は響かなくなった。

飼い主の長久保加賀守をみずからの手で葬り、刺客であることをやめてから面を打つ理由はなくなった。

が、ここにきてまた、面を打つ必要に迫られている。

死者への追悼供養ではない。

悪党外道《げどう》を地獄へ堕《お》とすべく、鑿を振るうのだ。

いまや、木曾《きそ》檜《ひのき》の表面はかたちを帯びつつある。

蔵人介は粗削りを終え、懸命に鑢《やすり》をかけた。

さらには、漆《うるし》を塗って艶《つや》を出す。

そして、面の裏に「侏儒」なる号を焼きつけた。

侏儒《しゅじゅ》とは取るに足らぬ者、おのれ自身のことだ。

「よし」

面ができた。

腫れぼったい下がり気味の大きな目、口をへの字に食いしばりながらも、不気味に笑っている。

武悪《ぶあく》と呼ばれる閻魔顔。蔵人介の好んで打つ面にほかならなかった。

いまだ、御納戸町に朝の炊煙も立ちのぼらぬころ。

城からの使いと称し、公人朝夕人の伝右衛門が訪ねてきた。

報復に転じた夜以来、塚越弥十郎は刺客を恐れてか、駿河台の自邸に籠もっている。

年内は難しいかもしれぬと、あきらめかけたとき、千載一遇《せんざいいちぐう》の好機が訪れた。

年の瀬の朝、神田橋御門そばの馬場にて、番士による弓の射納めが催される。

塚越弥十郎は年末恒例の儀式で、とりを任されることになっていた。

大勢の町人たちも見物に訪れることから、幕臣の威信を示す意味でも欠席できない。公の場にすがたをあらわすそのときこそ、討つべき好機だと、伝右衛門に囁かれた。

ふたりは急ぎ足で駿河台の塚越邸へむかい、開門を四半刻《しはんとき》（約三十分）ほど待ちつづけた。

「鬼役どの、決心はつきましたか」

「まあな。こっちの蒔《ま》いた種だし、やらずばなるまい」

「ふふ、これで人斬り稼業に逆戻り。どんな理由があろうとも、相手がどんな悪党であろうとも、人斬りは人斬りでござるよ」

耳の痛い台詞だが、言い返すことばもない。

やがて、門が軋みながら厳かに開いた。

大名行列でもあるまいに、供揃《ぞろ》えは厳重である。

塚越弥十郎は凶兆を感じたのか、大勢の組下をしたがえていた。

公人朝夕人の読みどおり、馬場までの移動中に狙う余地はなさそうだ。

「やはり、段取りどおりに」

「ふむ、それしかなさそうだな」

射納めは騎馬にておこなわれる。流鏑馬《やぶさめ》であった。

唯一、塚越が単独になるのは馬を駆って矢を射るあいだ、狙うとすればそこしかない。

しかも、衆人環視のなかで実行するというのだ。

本気なのか。

段取りを聞いたとき、蔵人介は耳を疑った。

どこが千載一遇の好機なものか。

試練という二文字しか浮かばなかった。

が、磯貝父子の無念を晴らすには、絶好の舞台ともいえる。

塚越は恥辱にまみれ、みずからの不運を呪いながら死んでゆくのだ。

楓並木の錦小路を曲がると、正面に濠《ほり》がみえた。

濠のむこうには、雪衣を纏った千代田の御殿が聳《そび》えている。

馬場は南北に長く、濠を背にしていた。

白一色に覆われ、二町《ちょう》（約二一八メートル）余りにわたって長細く踏みかためられている。

すでに何頭もの馬が集められ、嘶《いなな》きも聞こえてきた。

早朝から、鈴生《な》りの見物人で賑わっているようだ。

射られた矢は紅葉山《もみじやま》の神殿に奉納されるという。

神事なので、白装束の神官が御祓《おはら》いをおこなう。

厳かな儀式ののち、番方の弓自慢が二十名ほど参集し、順に愛馬を駆って馬上から的を射るのだ。

弓競べではないが、的を外せば武門の恥辱となる。

ゆえに、射手としては是が非でも外すことができない。

——どん、どん、どん。
触れ太鼓が、開始の合図を告げた。
馬場の空気はぴんと張りつめ、見物人たちは息を呑む。
「はあっ」
菅笠《すげがさ》をかぶった一番手が鞭をくれ、鹿毛《かげ》が疾駆《しっく》しはじめた。
的は雪道の途中、射手の左側にある。
高札《こうさつ》風の簡易な的で、当たれば割れてしまう。
矢は背後に積まれた俵に刺さる仕掛けになっていた。
一番手は両腿《もも》で馬胴を挟み、弓を左脇に構えて弦を絞った。
馬首と的が交叉する瞬間、びんと弦音が響き、矢は的の中心を射抜いた。
「わあああ」
地響きのような歓声が騰《あ》がり、見物人の波がうねる。
的が素早く交換されると、二番手が馬に鞭をくれた。
「はあっ」
馬蹄には、滑らぬように獣の皮が張ってある。
白黒の斑《まだら》馬は雪を蹴立てて疾駆《しっく》し、番士は見事に的を射抜いた。

ふたたび、歓声が膨れあがり、その隙に的が交換される。

そんなふうに、流鏑馬の神事はつづき、ついに、ひとりも的を外すことなく最後の一騎を迎えた。

すでに、塚越弥十郎は馬上の人となっている。

いつになく緊張しているようにみえるのは、誰も矢を外していないからだろう。

あるいは、これから身に起こるであろう出来事を予知しているのかもしれない。

蒼天《そうてん》には、ぽっかり雲が浮かんでいる。

馬場は水を打ったように静まりかえった。

誰もが息を呑む。

「はあっ」

塚越が黒鹿毛に鞭をくれた。

艶やかな毛並みの馬が、前傾姿勢で奔りだす。

的までは一町（約一〇九メートル）、馬の脚にすれば一瞬のことだ。

塚越は両腿で馬胴を挟み、頭上に弓を構えた。

菅笠が横をむく。

ぎりっ、と弓弦が引きしぼられた。

刹那、黒鹿毛が前脚を折り、どっと倒れこんだ。

「わっ」

見物人が目をふさぐ。

塚越のからだは宙に飛び、弧を描いて雪道に落ちていった。

「天罰じゃ、逃げろ」

伝右衛門が叫んだ。見物人に紛れている。

「逃げろ、逃げおくれるな」

「わあああ」

恐怖は波のようにひろがり、煽《あお》られた群衆が馬場に溢れかえる。

わけもわからず、悲鳴をあげながら、蜘蛛《くも》の子を散らすように駆けていく。

塚越家の供人たちはとみれば、群衆の波に揉まれ、行く手を阻まれていた。

主人を助けようにも、前進することができない。

雪道に倒れた黒鹿毛は息を吹きかえし、隆《りゅう》とした脚で立ちあがってみせた。

馬の進路を阻んだ凧糸がそばに落ちていたが、気づいた者は誰もいない。

一方、投げだされた主人は、ぴくりとも動かなくなった。

雪上は血に染まっている。

まるで、寒椿の花弁を散らしたかのようだ。

よくみれば、塚越弥十郎は首と胴がはなれていた。

が、弓名人の死に気づいた者は、誰ひとりいなかった。

十

大晦日、晴天。

朝餉は鮫洲《さめず》産の御膳海苔をおかずに、白飯を三杯もたいらげた。

やはり、大寒の寒海苔は美味い。味噌汁は腎《じん》に良い蛤だった。

辰の五つを報せる鐘が、亀岡八幡宮《かめがおか》から聞こえてくる。

市谷御門外の亀岡八幡宮、鐵太郎の産土神《うぶすながみ》でもあった。

太田道灌《おおたどうかん》が鎌倉《かまくら》の鶴岡《つるがおか》八幡宮を江戸に勧請《かんじょう》して建立《こんりゅう》した。相州から江戸へ移り、鶴が亀に変わったのだ。

二羽の寒雀が羽毛をふくらませて、庭の枯木にとまっている。

空は快晴だが、吹きつける風は冷たい。

縁側に、めずらしいものが置いてある。

寒樹、冬の盆栽だ。

常滑《とこなめ》焼きの深鉢から、二の腕のような黒松の幹が伸びている。

幹は途中から彎曲《わんきょく》し、枝先は下へ下へ、まさしく、奈落《ならく》にむかって伸びる気配をみせていた。

「養母上、これは」

「懸崖の黒松ですよ」

「まさか」

「そのまさかです。亡くなった磯貝さまから贈られてまいりました」

常世《とこよ》からの贈り物、縁起でもない。

「磯貝さまは、檀那寺《だんなでら》のご住職にご遺言をなさっておられました。磯貝家の永代供養代わりに、嗜みで蒐集《しゅうしゅう》した盆栽を貰ってほしいとね」

蓋を開けてみると、質量ともにすばらしく、住職は磯貝新兵衛の申し出をふたつ返事で受けた。

「されど、いちばん大切にしておられた懸崖の黒松だけは、わたくしにと仰られたそうです。ね、誠実なお方でしょ」

志乃は可愛げに小首をかしげ、黒松の幹を眺めた。

そこへ、幸恵が鐵太郎の手を引いて近づいてくる。

怪我はすっかり癒え、顔色もずいぶん良くなった。

「お義母さま、よくぞこのように枝先が下をむいた松ができあがったものですね」

「そうよねえ。わたくしはどちらかというと、まっすぐ上をむいているほうが好きなのだけれど。まあ、これはこれで、おもむきがあろうというものです。なにせ、樹齢五百年の松だそうですから」

「……ご、五百年」

蔵人介は顎をはずしかけた。

志乃が幸恵に目配せする。

「売れば千両はくだらぬそうですよ」

「うえっ」

と、蔵人介がこんどは咽喉を詰まらせた。

「正直者の吾助が申すのですから、嘘ではありません」

「養母上。いったい、誰が千両松の面倒をみるのです」

「吾助にまかせておけば、なんとかなるでしょう。他人様に差しあげようかとおもっておりましてね」

「え、誰に」

「申しあげられませぬ。じつはね、そのお方にお願いし、磯貝父子の無念を晴らしていただいたのですよ。いわば恩人です。そのお方こそ、高価なご遺品を所有なさるのに相応《ふさわ》しいお方ではないかと」

蔵人介の脳裏には、丸眼鏡を掛けた老臣の猿顔が浮かんでいた。

はなしがどうも、妙な方向にすすみつつある。

「養母上」

自然、口調がきつくなった。

「まあ、怖いお顔。ご不満でもおありなの」

「いえ、そういうわけでは」

「顔に嘘と書いてありますよ。あなた、何もしないわりには、存外に欲深いのですね」

「そんな」

「何か役に立っていただけましたっけねえ」

「い、いえ」

「蔵人介どのを無欲で誠実な御仁《ごじん》と、買いかぶっていたようです。だからこそ、少々は心もとないところがあっても許してあげたのに。ねえ、幸恵さん」

「お義母さまの仰るとおりですわ。殿方があまりお強いと、わたくしたちの出番がなくなります。それでは寂しいおはなしなので、文句ひとつ申しあげずにおきました」

「されど、蔵人介どのが欲深い小心者《しょうしんもの》にすぎぬとしたら、少し対応を考えなければいけませんねえ」

どのように考えるというのか。

「晩のおかずを一品減らすとか。いかがです、お嫌でしょう。それなら、お宝の行き先はわたくしにおまかせあれ」

と、そのとき。

一陣の突風が吹きぬけ、黒松の枝がさわさわと揺れた。

「まるで、磯貝さまが笑っておられるようですね」

志乃が感慨深げに洩らす。

つがいの雀《すずめ》が楽しそうに、庭先を散歩していた。

年の瀬になると、さまざまな者たちが町にあらわれる。

武家地とて例外ではない。巫女《みこ》装束の竈祓《かまどはらえ》、除夜の獅子舞《ししまい》に厄除けの物乞い、門付芸《かどづけ》をみせる節季候《せきぞろ》や願人坊主《がんにん》、そして、鬼の形相で走りまわる掛けとりなど、雑多な者たちが往来を行き交い、門前を賑わしている。

鬼を先祖と祀る矢背家では、夕刻になるときまって「鬼迎え」なる年越し行事がおこなわれる。

年の内に豆を撒き、鬼を招いて家族の健康を祈念するのだ。

宮中行事にある追儺《ついな》の節会《せちえ》、鬼儺《おにやらい》の逆《さか》しまとなる行事であった。

ゆえに、鬼役は「福は内、鬼は外」ではなく、大声で「福は内、鬼も内」と叫ぶ。

叫びながら豆を撒く鬼役は、家長の蔵人介がやらねばならない。

鬼迎えの仕度もあり、大晦日は朝から忙《せわ》しない。

そうしたなか、陽気なお囃子《はやし》に乗せて、独り獅子舞がやってきた。

――ひってんてれつく、てれつくてんてん。

鐵太郎が「みたい、みたい」とせがむので、みなで冠木門の外に足をむける。

せめて、松の内だけでも、懸崖の黒松を縁側に飾っておいてはもらえまいか。

蔵人介は一抹の淋しさを抱きつつ、みなの背中にしたがった。

黒闇天女

一

雪をかぶった苫舟《とまぶね》から、小指どうしを糸で結んだ男女の死体がみつかった。

ところは江戸川が関口《せきぐち》へ遡《さかのぼ》る途中、石切橋《いしきり》のすぐそばだ。

霜の張りつく朝未《まだ》きころ、納豆売りの親爺がみつけた。

「男は亀山喜平《かめやまきへい》、勘定方の小役人です」

綾辻市之進の説明に、蔵人介は溜息を吐いた。

「正月早々、鬱陶《うっとう》しいはなしだな」

義弟の市之進は親の代からつづく四角四面の徒目付。三十を過ぎても独り者を通し、姉の幸恵をやきもきさせている。

蔵人介は幸恵に頼まれ、市之進を小石川《こいしかわ》の食い物屋に誘った。

牛天神《うしてんじん》の裏手に、あまり知られていない、ももんじ屋がある。

ももんじ屋とは、鹿や猪などの獣肉を食べさせる食い物屋だ。

顔をしかめる侍も多いが、大食漢の市之進は喜んで従《つ》いてきた。

「亀山喜平は、とある藩を強請《ゆす》っておりました」

近江膳所《おうみぜぜ》藩六万石の江戸藩邸に出入りしたり、同藩の留守居役から接待を受けていた。

「じつは半年もまえから、亀山の行状を調べていたのですよ」

「ずいぶん気の長いはなしだな」

「ほかにも役目はございますが」

亀山の一件だけは証しを固めるのに手間取り、探索が長びいていたという。

「亀だけに歩みが鈍い、というわけか」

きっかけは、筆頭目付木滑弾正《きなめりだんじょう》のもとに届いた訴え状だった。

匿名《とくめい》ということもあり、木滑は無視しようとしたが、亀山に渡った賄賂の額を知り、探らざるを得なくなった。

「ざっと五百両。一介《いっかい》の勘定方が手にできる額ではありません」

「それで」

「やはり、金の出所は膳所藩だとおもわれます。おおかた、藩の不正でも握ったのでしょう」

「不正か」

「亀山は御用品の出納《すいとう》に関する役目に就いておりました」

「なるほど」

御用品とは、各藩が御上に納入する特産物のことだ。将軍家ならびに御三家、あるいは幕府肝煎《きもい》りの寺社仏閣などで使用する品々、たとえば食糧や食器や家具、さらには蠟燭などの日用品をさす。

食器や蠟燭などには、葵《あおい》の紋所《もんどころ》を刻印することが許される。藩としては名誉なことで、莫迦にならない藩収入が得られる。ために、不正の温床《おんしょう》になりやすいところでもあった。

「亀山はなんらかの不正をみつけ、それを見逃す見返りに金銭を要求していたのではないかと」

「ふうん」

「亀山は妻子があるにもかかわらず、潤った金を辰巳《たつみ》芸者に注ぎこんでおりました」

「心中相手か」

「いいえ、それがちがうのです。今朝方江戸川でみつかった娘は日野屋《ひの》という蠟燭《ろうそく》問屋の箱入り娘で、わたしが知るかぎり、亀山とはなんの関わりもありません」

「ほとけをみたのか」

「みました。あれはたぶん、心中にみせかけた殺しです」

「ふうん、ずいぶん自信ありげだな」

「亀山の左胸には小刀が深々と刺さっておりました。ところが、娘のほうは舌を嚙みきって死んでいた」

「たしかに妙だ。常道からすれば、男が娘を小刀で刺し、返す刀で自分の胸を刺すか、咽喉を搔くかするだろう。されど、それだけで心中にみせかけたと断じるのは難しかろう」

「亀山喜平は膳所藩の連中に消された。それにまちがいござらぬ」

小鼻をぷっと張る義弟に、蔵人介は問いかけた。

「さすれば、どうなる」

「膳所藩の不正に絡んで幕臣が殺められたとなれば、由々しき一大事。木滑さまからは、慎重に調べをつづけよとの命にござりました」

「しんどいな」

「お役目ですから」

ほっと肩の力を抜いたところへ、七輪と網が運ばれてきた。

「義兄上、牡丹《ぼたん》肉を煮るのではなく、焼くのでござるか」

「牡丹肉ではないぞ。出てくるのは養生薬《ようじょう》だ」

「養生薬ですか」

「そうさ。ここは知る人ぞ知る店でな、牛天神の裏手にあるのがみそだ。おぬしも開基《かいき》くらいは存じておろう」

源頼朝《みなもとのよりとも》が出陣に当たって霊夢をみた。牛にまたがった菅原道真《すがわらのみちざね》が戦いの勝利を告げたのだ。感激した頼朝は数日後、この地で牛のかたちをした大石をみつけ、これを祀らせるべく牛天神を建立した。

「な、それが開基だ」

「はあ」

「わからぬのか。この店はな、牡丹肉と称して牛肉を食わせるのよ」

「げっ」

農耕に従事させる牛肉食いは御法度、真面目な市之進は逃げ腰になる。

「案ずるな。上様も大好物だ」

「ま、まことでございますか」

「毎冬、彦根《ひこね》藩から養生薬という名の牛肉が献上される。上様は到着を待ちきれず、まだかまだかと催促なされるのだ」

譜代《ふだい》で最高石高の彦根藩三十五万石を治める井伊《いい》家からは、年の瀬になると幕府の陣太鼓に使う牛皮が献上される。牛皮のみならず、霜降りの近江牛も味噌漬けにされ、将軍家ならびに御三家へ献上される習慣があった。

「献上肉の余りは献残屋《けんざんや》に売られ、安値でももんじ屋に卸されてくる。上様の口にはいる肉とおなじものを、御相伴《ごしょうばん》にあずかることができるというわけさ。毒味役が申すのだ、味はたしかだぞ」

「中山道《なかせんどう》を遥々運んでくるのでございましょう。腐りませぬか」

「味噌漬けにしてある。されど、おぬしが懸念するとおり、献上肉を運ぶ道中は大変らしい。なにせ、肉の詰まった大樽をいくつも運ばねばならぬのだ。長い道中には山賊もおれば、盗人もおる。まさに、苦肉の肉道中さ」

「なるほど」

「そういえば、膳所藩も近江だったな。瀬田《せた》の川面に映るは膳所の城、ことに夕景は見事らしい」

「はあ」

「上の空か」

「なにせ、牛肉なぞ食うたこともありませぬ」

「だから、連れてきてやったのだ。ほれ、肉がきた」

大皿に盛られた肉は、たいそう立派な塊だった。

「こうしてな、厚めに切って網で焼くのよ」

肉を網の上に載せた途端、じゅっと音がした。

味噌の香ばしい匂いが漂ってくる。

「どうだ、涎《よだれ》が出てくるであろうが」

「なにやら、気味が悪いですな」

「騙されたとおもうて食え。どれ、わしも」

蔵人介は肉を裏返し、待ちきれずに端をちぎって口に抛《ほう》りこんだ。

「うおっ、ほほ。美味いぞ市之進、今宵はおぬしのおごりじゃ」

「へ」

「さあ食え、わしがぜんぶ食べてしまうぞ」

市之進は煽られて肉を取り、片端を齧る。

蔵人介は箸をとめ、じっと様子を窺った。

市之進の顔が紅潮し、おもわずほころぶ。

「義兄上」

「どうだ、美味かろう」

「これほど美味いもの、生まれてはじめて食いました」

「牛肉とはこうしたものよ。美味いだけではない。精力も漲《みなぎ》ってくる」

「はあ」

「はあではない。今宵、誘った理由を思い出したぞ」

「なんでしょう」

「早う嫁を貰え」

「藪《やぶ》から棒になんですか」

「縁談が舞いこんでも、珍妙な理由を述べたてて断るそうではないか」

やんわり叱ってやると、市之進は顔をしかめる。

「さては、姉上にござるな」

「夜中に起きだしては、不安顔で訊いてくるのよ。もしや、市之進には嫁を貰えぬ格別な理由でもあるのではないかとな。おかげで、こっちは寝不足さ」

「それは、ご迷惑をお掛けしております」

「格別な理由があるのか。たとえば、おなごが嫌いだとか。秘かに陰間《かげま》通いをしておるとか。この際、包み隠さず申してみよ」

「陰間通いなど、とんでもない」

「おなごが嫌いでないなら、どうして縁談に聞く耳をもたぬ」

「義兄上、ここだけの話にしていただけますか」

「ん、わかった」

市之進は襟を正し、切羽詰まった顔をする。

「じつは、好いたおなごがおります」

発した途端、耳まで真っ赤に染めてみせる。

三十を過ぎた男の純情は少し気色《きしょく》が悪い。

「好いたおなごがあるなら、堂々とそう申せばよかろう」

「親や姉上にはとてもとても」

「話せぬか。よし、あらためて事情を聞いてやろう」

蔵人介は喋りながらも、牛肉を焼いてつぎつぎに食べた。

合間を縫って酒も呑む。酒は剣菱《けんびし》、いちばん舌に馴染む酒だ。

市之進は、ぼそっとこぼす。

「殺された亀山喜平に関わりがござります」

「ほう」

探索をはじめたのは夏であった。隅田川《すみだがわ》には花火があがり、町には浴衣《ゆかた》の娘たちが歩いていた。市之進は亀山のあとを跟《つ》け、七日に一度は深川《ふかがわ》へ足を延ばしていたという。

「そこで、亀山が逢瀬《おうせ》をかさねる芸者を目にしたのでござる」

「おぬし、まさか」

「お察しのとおり、拙者が岡惚《おかぼ》れした相手というのは、詰まらぬ小役人が金に飽かして買いつづけた芸者なのです」

「それはまずいな」

「で、ござりましょう」

辰巳芸者を身請《みう》けし、徒目付の家に入れるわけにもゆくまい。

恋情を押しとおして嫁に迎えても、苦労するのは目にみえている。

武家の婚姻は、それほど甘いものではない。なによりもまず、家同士の結びつきが優先される。惚れた腫れたで、くっつくわけにはいかないのだ。

「権兵衛名《ごんべえな》は初吉《はつきち》、本名はお初《はつ》と申します」

色白でふっくらしており、小柄なおなごだという。

際立つほどの美人ではないが、深川でも五指にはいる美声の持ち主らしい。

「鶯《うぐいす》の異名で呼ぶ者もおります」

「ほう。それにしても不思議なものだな。おぬしは役目とはいえ、七日に一度はお初のことを眺めていた。唄声に心動かされておったのだ。ところが、むこうはおぬしのことを知らぬ」

肌を合わせるどころか、話もできぬ相手のもとへ、市之進は足繁く通った。

「小役人に恋情を託し、あれやこれやと想像を逞《たくま》しくするうちに、気づいてみればなにやら胸苦しくなってきたというわけだ。それも恋、かなり捻れてはおるがな」

酒量が増えたせいか、義弟の悩みをわかってやりたい気分になった。

「どうする気だ」

「亀山の死因を探ってみます」

「そっちではない。お初を訪ねてはみぬのか」

「訪ねる理由がありませぬ」

「好いておるのであろうが」

「たとい、亀山がただの金蔓《かねづる》であったにせよ、馴染みの相手が屍骸《むくろ》になれば、鬱々《うつうつ》とした気分にもなりましょう。そのようなときに、のこのこ顔を出す気にはなれませぬ」

「わしが探ってやろうか」

「えっ、義兄上が」

市之進は阿呆面でみつめてくる。

蔵人介は微笑んだ。

「お初というおなご、ちとみてみたい気もする」

「まさか、訪ねるおつもりでは」

「客のふりをして逢ってみよう。どうだ」

「どうだと言われても」

「おぬしの気持ちを、それとなく伝えてやってもよいぞ」

「そんな。伝えられたほうは迷惑でしょう」

「どうかな。まあ、まかせておけ」

「はあ」

市之進は不安げに応じ、箸を握った。

ところが、肉がない。

「食うべきときに食わぬからだ」

蔵人介はうそぶき、膨らんだ腹を満足そうにさすった。

二

一の鳥居をくぐって深川門前仲町《もんぜんなかちょう》の大路を歩めば、遊客でなくとも浮かれた気分になってくる。左右には楼閣《ろうかく》風の茶屋が軒を並べ、軒行燈や下がり提灯が点々とつづくなか、箱屋《はこや》をしたがえた辰巳芸者がいそいそと行き交っていたりする。

「幸恵のやつ、難しい顔をしおったな」

深川七場所へ行ってくると聞いて、はいどうぞと笑って送りだす武家の妻女はいない。

蔵人介は可愛い義弟のためだからと、行き先を隠さずにやってきた。

ここだけのはなしにしてほしいと念を押されたが、市之進との約束を破り、幸恵にだけは真実を告げたのだ。

実弟が辰巳芸者に惚れたと聞いて、幸恵は呆気《あっけ》にとられた。

だが、すぐに気を取りなおし、しばらくは静観する構えをみせた。

置き屋で尋ねてみると、お初を贔屓《ひいき》にしている茶屋はいくつもあった。

今宵は『喜八《きはち》』の座敷に呼ばれているという。

主人の寿一《じゅいち》に交渉すればなんとかしてくれると聞き、蔵人介はさっそく『喜八』へあがった。

貧乏旗本と見破られたのか、通されたのは二階の狭い座敷だ。

しばらく待たされたのち、でっぷり肥えた五十男が挨拶に訪れた。

「お武家さま、ようこそおいでくだされました。手前が喜八の主人にございます」

「おう、主《あるじ》か」

「誰ぞ、芸妓《げいぎ》のお望みあれば伺いますが」

「ふむ、初吉の声が聞きたくてな。呼んでもらえぬか」

「なるほど、お目が高い。されど、初吉は人気者でして。今宵はちと難しいかもしれません」

「はい、馴染みのお大尽《だいじん》さまで」

「ほう、どこの誰かな」

「それは申せませぬ」

「まさか、勘定所の小役人ではなかろうな」

鎌をかけると、主人は息を呑んだ。

眸子《まなこ》に警戒の色が浮かぶ。

「失礼ながら、そちらの件でお越しでござりましょうか」

「案ずるな、野暮《やぼ》はせぬ。ついでだから訊いておこう。亀山喜平は、ここにもよく来たのか」

「は、はい」

「初吉と深い仲だったとか」

「ええ、まあ」

「身請け話までいったのか」

「はい、酔ったついでに妾《めかけ》にならぬかと。初吉のほうが拒んでおりました」

「どうして」

「本気ではなかった、ということでござりましょう」

「所詮は貢がされて仕舞いか、哀れな男だな」

「あの、亀山さまとはどのような」

「知りあいの知りあいでな。声の良い芸者のもとへ通いつめていたと聞き、ちと初吉に逢ってみたくなっただけさ」

「失礼ながら、お武家さまは」

「名乗れと申すのか」

「できますればご身分も、お聞かせ願えませんか。手前どもとしても心おきなく、誠心誠意お尽くし申しあげたいもので」

「矢背蔵人介、本丸の毒味役だ」

「こ、これは失礼をばつかまつりました。鬼役さまでいらっしゃる」

「ほう、鬼役という呼び名を存じておるのか」

「お馴染みさまがおられます」

「ふうん、世間は狭いな」

「鬼役さまと申せば、手前どもにとっては雲上の方々。なにせ、公方さまとおんなじものを三度三度召し上がっておられるのですから」

「ふっ、舌だけは肥えておるぞ」

「そうでございましょうとも。ようございます。のちほど、初吉を寄こしましょう」

「ありがたい」

「では、ごゆるりとなされませ」

主人は平伏し、廊下に引っこんだ。

蔵人介は尿意をもよおし、すぐに部屋から出た。

二階にも厠はある。坪庭を見下ろすことのできる廊下の突きあたりだ。

足をむけると、坊主頭の男が出てくるところに出くわした。

「ん」

みたことがある。

男は目を伏せ、すれちがってゆく。

撫で肩の丸い背中、思い出した。

「おい、道阿弥《どうあみ》」

おもわず、名を呼んでしまう。

振りむいた男の顔がぎょっとした。

「あ、矢背蔵人介さま」

「同朋衆《どうぼうしゅう》がこんなところで何をしておる」

叱りつけた。

自分のことは棚にあげている。

道阿弥は、剃りあげた頭を掻いた。

「お察しくだされ」

なるほど、質す必要はなかった。

どこかの藩の留守居役から、接待を受けているのだ。

同朋衆坊主は大名が登城した際に案内する役、衣服の着替えから弁当の手配まで城内のさまざまな雑用をこなす。大名家の殿さまは坊主の世話にならねば何もできぬため、同朋衆は日ごろから丁重にあつかわれた。

それをよいことに、態度も横柄《おうへい》になってくる。付け届けが少なければ意地悪をし、袖の下をたっぷりくれてやれば過剰なほどの世話を焼く。盆暮れの贈答品は無論のこと、日ごろの接待まで図々しくも要求するようになる。

道阿弥もそうした鼻持ちならない同朋衆のひとりだった。

「矢背さまこそ、どうして辰巳の茶屋なんぞに」

「ん、わしか。ま、たまには息抜きをせんとな」

「これは意外。お堅い矢背さまにかぎって、悪所《あくしょ》通いはなされぬものとおもっておりましたが」

「通ってはおらぬ。初めてまいったのだ」

「けへへ。ま、どちらでもよいではありませぬか」

狐目の道阿弥は、小狡《こずる》そうに微笑んでみせる。

仲間のようにみられるのは心外だが、茶屋の二階で出逢ってしまえば、どんな言い訳も通用すまい。

「矢背さま。おたがい、今宵の件は内緒にいたしましょう」

「あたりまえだ」

「ちと、こちらの座敷へお顔を出されませぬか」

「そうもいかぬ」

「鶯の異名をとる芸者がおりますよ」

「鶯とな」

「はい、美しい声の持ち主なのでござります。それはもう、いちど聞いたら惚れてしまいますよ」

蔵人介は、顔色を変えずに訊いた。

「芸妓の名は」

「初吉。いかがです、ごいっしょに」

「いや、遠慮しておこう」

「さようで」

「おぬしを接待したのは、どこの藩だ」

「近江膳所藩六万石。たいしたお大名じゃござんせん」

幇間《ほうかん》のように額を叩き、道阿弥はぺろっと舌を出した。

顔には出ていないが、酒量はかなりいっているようだ。

「矢背さま、誤解なされぬよう。先さまのお招きにあずかったのは、わたしのような軽輩《けいはい》ではありませぬよ」

「ほう、別におるのか、誰かが」

「ええ、わたしなぞは連絡役にすぎませぬ」

「どなただ」

「奥御右筆組頭《おくごゆうひつくみがしら》、風祭右京之介《かざまつりうきょうのすけ》さまにござります」

本丸の奥右筆組頭といえば、老中や若年寄の側《そば》にあって幕政の一端を司る役目を負っている。極秘扱いの内容を知ることができる立場にあるだけに、道義上、特定の大名と懇意になるのは避けねばならぬところだが、きちんと立場をわきまえている者など皆無に等しかった。

風祭は中野碩翁《なかのせきおう》の子飼い、権力の笠の下にいる。しかも、二刀を使う武蔵《むさし》流の練《れん》達《たつ》として知られ、家斉立会いの武芸上覧《じょうらん》では見事な型を披露したこともあった。

蔵人介は白書院の末席に座し、風祭の鬼気迫る太刀筋に圧倒されたのをおぼえている。

「道阿弥よ、わしは風祭さまと面識がない」

「もう、お帰りになられましたから」

「ふん、そうか。まあしかし、遠慮しておこう」

「ではまた、お城でお目にかかりましょう」

道阿弥の背中を見送り、蔵人介は厠へはいった。

小便を弾いていると、坪庭を挟んだ奥座敷のほうから美しい唄声が聞こえてくる。

「……客のこころはうわのそら、飛んでゆきたい、これわいさのーさ、ぬしのそば」

粋で艶のある深川節であった。

三

ひとりで諸白《もろはく》を舐めていると、襖が音もなく開き、島田髷《しまだまげ》の芸者が三つ指をついた。

「ぬしさま、初吉にございます」

「おう、ようきた。さ、こっちへ」

「はい」

お初は少し尖った小さな顎を引き、黒羽織の褄《つま》を取って滑るように近寄り、目を伏せたまま隣へ侍った。

眸子《まなこ》は切れ長の一重、鼻梁《びりょう》は細長く、笹色紅《ささいろべに》の唇《くち》もとは受け気味で厚ぼったい。なるほど、際立つほどの美人ではないが、男心を擽《くすぐ》る何かをもっている。

それは小首をかしげる仕種であったり、横をむいて目を落とす仕種であったり、遠慮がちにみつめる眼差しであったり、ちょっとした仕種が色っぽく、蔵人介はおもわず惚れてしまいそうな危うさを感じた。

市之進が胸苦しい気持ちにさせられたのも、納得できるような気がする。

「さ、おひとつ」

お初は銚子をかたむけ、身をあずけてきた。

ふわりと、芳香が匂いたつ。

艶めいた唇もとが開いた。

「ぬしさまは、公方さまのお毒味をなさっておられるの」

「ふむ」

「毒にあたったことはおありかい」

訊きにくいようなことも、こともなげに訊いてくる。

二十歳を超えていように、童女《どうじょ》の初々《ういうい》しさを兼ねそなえた娘だ。

「烏頭《うず》の毒なら、啖《くろ》うたことはある」

「烏頭」

「さよう、山鳥兜《やまとりかぶと》の根を乾かした毒でな、焼き魚の塩に混じっておったのだ」

「まあ、それで」

「死にかけた。意識がなくなり、不浄門と呼ぶ平川《ひらかわ》門から城外へ出されてな。あれほど苦しかったことはない」

「それでも、お役目をつづけなさるの」

「毒味のほかに取り柄もないからな」

「怖いお役目。さぞかし、奥方さまもご案じなされておられましょう」

「武士の妻はそうしたものではない。夫が役目に殉じたのであれば、それで本望と考えるのさ」

「ご本心ではなかろうに」

「どうかな」

「わたしなら、すぐにお役目替えをお願い申しあげまする」

「うほっ、可愛らしいことを抜かす」

蔵人介は嬉しくなり、注がれた酒をひと息に呷った。

もう少しで、本来の目的を忘れてしまうところだ。

「ちと、おぬしのことを教えてくれ」

「なんなりと」

「たとえば、おぬしに岡惚れしている男がいるとしたら、どういたす」

「そんなお方がいらっしゃるの」

「たとえばの話だ」

「さあ。嬉しいのと気色悪いのと半々かも。お相手にもよります」

「生真面目《きまじめ》すぎて融通が利かぬ。それゆえ、おなごに縁がない三十男だ」

「お見掛けは」

「喩《たと》えてみれば、牛だな」

「それなら、本気になっちまうかも」

「牛に似た愚鈍な男が好みか」

「牛は鈍くみえるけど、誠《まこと》はありそうだから。誠のある殿方に惚れる。おなごとは、そういうもの」

「おもしろくない男でも、誠があればよいのか」

「おもしろい男と懇《ねんご》ろになり、やきもきさせられるよりは、ましかもしれませぬ」

「どっちにしろ、先立つものがなければ、おはなしになるまい」

「お金は、ほどほどにあればよろしいのです。たとえば、小心者が分不相応《ぶんふそうおう》に大金を手にしちまうと、もう始末に負えません」

亀山喜平のことを思い浮かべているのだろうか。

「矢背さま、お金は人を変えます」

「そうよな」

「わたしは、お金と交換に誠を失った殿方を何人もみてまいりました」

お初はまだ若いのに、男のことをよく知っている。

姑息《こそく》な勘定方の小役人に、本気で惚れるはずがない。

「貧乏神だって、よく言われるのですよ」

「貧乏神、おぬしが」

「ええ。お付きあいさせてもらった殿方はみぃんな、お金が貯まらないのです。それどころか、お金がどんどん逃げてゆき、仕舞いにはおけらになっちまう。でも、わたしと別れたあと、きまって金運がめぐってくるのです。商家の旦那も香具師《やし》の親方も、お侍だって、みぃんなそうでした。だから、わたしは貧乏神の生まれ変わりなんだって、そうおもうようになりました」

「ふうん」

「哀しい女でしょ。黒闇天女《くろやみてんにょ》っていうんだそうです」

「黒闇天女」

「貧乏神のことですよ。そこの蓬萊《ほうらい》橋を渡ったさきの佃町《つくだちょう》に、弁天さまの小さな祠がありましてね。弁天さまとごいっしょに、天女さまも祀られてござります」

貧乏神といえば、貧しい老人のすがたを想起する。

お初によれば、本来の貧乏神とは天女であるらしかった。

「知らなんだな」

「貧乏神は、弁天さまの姉にあたる神さまだそうです。たいせつにお祀り申しあげれば、人に災禍《わざわい》をもたらすことはない。熱心に祈った者のまわりには、由来どおり、金運がめぐってくるのだとか」

お初は言い伝えを信じ、佃町の「弁天さま」へ足繁く通っているのだ。

「自分のためにというよりも、殿方のために祈っているのですよ。わたしと付きあってくれた殿方が貧乏にならぬようにってね、うふふ」

悪戯《いたずら》っぽく笑う仕種が可愛らしい。

ふたりは半刻ほど、とりとめのない会話を交わした。

さらに一歩踏みこんで、お初のことを詳しく知ろうとおもったところへ、主人があらわれた。

「鬼役さま。そろそろ、ようございますか」

「ん、もう終わりなのか」

「残念ながら。これ、初吉、ご挨拶を」

「へえ」

お初は訪れたときと同様に三つ指をつき、褄を取って滑るように去った。

主人が戸口で薄く笑う。

「矢背さま、鶯を鳴かせませなんだな」

「そうだ、忘れておった」

「会話のほうが弾まれたようで」

「鳴かせぬことが、それほどめずらしいのか」

「それはもう。初吉は唄わねば、並の芸者とおなじにござります」

「楽しみはつぎにとっておくさ」

「近いうちに、またおいでくだされ」

蔵人介は、追いたてられるように尻をもちあげた。

少しふらついたのは、酒量が増えたせいだろう。

金がつづくかぎり、通ってみたい。

お初は、そんな気にさせる芸者だ。

しかし、気に掛かることがひとつある。

「主、初吉がもどった宴席は膳所藩のものらしいな」

「初吉が洩らしましたか」

「いいや、同朋衆の道阿弥と厠でばったり出くわしたのだ」

「なるほど、道阿弥さまとお知りあいで」

「初吉を馴染みにしているのは、膳所藩の留守居役なのか」

「ええ、まあ」

「姓名を聞いておこう」

「唐崎三郎兵衛《からさきさぶろべえ》さまですが、それが何か」

「亡くなった亀山喜平も、膳所藩の接待で通っておったのではないのか」

「もしそうなら、なんだって仰るので」

「別に。ただ、妙だなとおもうただけさ」

「何が妙なので」

「亀山を心中にみせかけて殺すなら、本来の相手は初吉でなければおかしい。それがそうではなかった。腑《ふ》に落ちぬ」

「どうなさるおつもりで」

「案ずるな。わしは一介の鬼役、目付でも十手《じって》持ちでもない」

主人は襟をすっと寄せ、こほんと空咳をひとつ放った。

「矢背さま。ひとつだけ、お教えしておきましょう」

「なんだ、あらたまって」

「これ以上、深入りなされぬほうがよろしゅうございます。興味半分で首を突っこまれると、お命を縮めるもとになりますぞ」

かちんときた。

怒りを抑え、廊下へ逃れ出る。

「不快だ。金は払わぬ」

「どうぞ、早々にお引きとりを」

大階段を下り、紅殻《ベンガラ》格子の脇から外に出た。

若い手代が犬のように従いてくる。

さっと、塩を撒かれた。

「ちっ」

この一件、是が非でもあばいてやらずばなるまい。

蔵人介は肩を怒らせ、色街の喧噪から遠ざかった。

四

心中者は犬にも劣る。人として扱ってはならず、葬式などはもってのほか。

それは、御上《おかみ》の定めた御法度だ。

苫舟の死体がみつかってから、四日経った。

夕刻、蔵人介は市之進をともない、小指どうしを糸で結んだ男女の間柄を探るべく、南八丁堀《みなみはっちょうぼり》までやってきた。

蠟燭問屋『日野屋』の玄関に、忌中《きちゅう》の貼り紙は貼られていない。

だが、店内に入れてもらうと、線香の匂いが微《かす》かに漂ってきた。

双親《ふたおや》は隠れて一人娘を供養している。

それをおもうと、胸が痛んだ。

世間の目を気にしてか、当初は焼香を拒んだ主人の庄左衛門《しょうざえもん》も、市之進の鬼気迫る熱意に折れ、仏間へ案内してくれた。

線香をあげ、秘かに戒名の記された位牌に手を合わせる。

日野屋の亡くなった娘は、名をお幸《さち》といった。

「歳は十六にござりました」

ゆくゆくは婿を迎えて店を継がせるつもりでいたし、本人もあたりまえのように、そうなるものとおもっていた。身持ちは堅く、妻子ある幕臣と深い仲になるはずもない。ましてや、道行きなどというだいそれたことのできる娘ではなかったと、父親は確信を込めて言う。

「そもそも、亀山喜平というお方には、まったくおぼえがございません。手塩に掛けて育てた娘が、なぜ、あのような無惨なかたちで逝ってしまったのか。どなたかご存じなら、お教えいただきたい。今はただ、口惜しいというおもいしかございません」

庄左衛門は、血走った眸子を畳に落とす。

げっそりと痩《こ》けた頬が、哀しみの深さを物語っていた。

お幸は、近所でも評判の縹緻《きりよう》良しだった。誰からも好かれていた娘なのに、御上から「不埒不逞《ふらちふてい》の輩《やから》」と烙印《らくいん》を押された途端、近所の連中は手の平を返すように白い目をむけてきた。世間とは冷たいものだと頭ではわかっていても、庄左衛門は憤りを禁じ得ない様子だった。

「お幸が心中なぞするはずはない。されど、娘の無実を明らかにする手だてはございません」

「ご主人、あきらめるのはまだ早い。わしらでよければ、力になろう」

蔵人介に肩を叩かれ、庄左衛門は大泣きに泣いた。

愛娘の死に衝撃を受け、泣くこともろくにできなかったのだ。

何日かぶんの涙を絞《しぼ》りだし、庄左衛門はようやく自分を取りもどした。そして、娘の名誉を回復させるためなら、自分の命は捨てても構わぬと言いはなった。

横に控えた市之進が、徒目付の顔で膝を乗りだす。

「さればまず、お幸どのが行方《ゆきがた》知れずになった日のことを教えていただこう」

「はい。あの日は琴を習う日で、娘は午後から、いつも通っているお旗本のお屋敷へ伺いました」

「ところは」

「小石川、牛天神のそばにござります」

牛天神と聞き、蔵人介と市之進は顔を見合わせた。

それと気づかずに、庄左衛門は訥々《とつとつ》とつづける。

「牛天神に鎮座まします牛石を撫でれば、芸事が上達するとの言い伝えがございます。お幸は琴の稽古を済ませると、いつも牛《うし》坂を登って天神さまに立ちより、牛石を撫でてから帰宅の途についておりました」

「なるほど」

と、市之進が相槌《あいづち》を打った。

旗本屋敷は牛天神の北側、急坂で知られる牛坂の麓《ふもと》にあるという。

「半年ほどまえ、彦根藩の御留守居役さまにご紹介いただいたのでございます」

「ほう、彦根藩か」

「はい。手前はこうみえても生粋《きっすい》の近江商人、井伊さまの御用達《ごようたし》なのでございます」

「そいつは知らなかったな」

「井伊掃部頭《かもんのかみ》さまのご領内は近江牛の大産地。江戸に牛を祀る社《やしろ》があると聞けば、藩をあげて奉じないわけにはいきませぬ」

彦根藩と牛天神には浅からぬ縁があるという。そうした関わりから、小石川あたりの旗本とも付きあいが生じたらしい。

「ご存じでしょうか。牛天神の境内には、太田《おおた》神社がございます」

「ふむ、あったな」

と、市之進が応じてみせる。

「近所に住む貧乏旗本が霊夢のお告げにしたがって祠を建て、貧乏神を祀った。そうしたら、途端に金運に恵まれたとかいう逸話があったぞ」

庄左衛門によれば、太田神社には艶やかな天女像が祀られているという。

蔵人介が膝を乗りだした。

「熱心に祈った者には金運がめぐってくる。貧乏神は黒闇天女と申すのだろう」

「よくご存じで」

これも因縁か、お初から聞いた天女の名を口にするとはおもわなかった。

「じつは、お幸が通っていたお旗本が太田神社の熱心な氏子《うじこ》であられまして、神社への寄進だけでは飽きたらず、玄関にも立派な神棚をもうけ、金箔《きんぱく》に彩られた黒闇天女を祀っておられるのだそうで」

「娘御に聞いたのか」

「はい」

お幸は稽古の日はいつもきまって、暮れ六つごろに帰宅していた。

下女奉公の娘をいつも供にしたがえていたが、その日は下女が体調をくずし、代わりに丁稚《でっち》小僧が従いていった。

丁稚は勝手がわからず、お幸に稽古が終わるまで近所で遊んでいてよいと言われ、そのとおりにした。ところが、命じられた刻限にもどってみると、お幸は疾《と》うに帰ったと告げられた。

そののち、お幸は帰らぬ人となったのだ。

日が暮れてからは、店の者が総出で捜し、庄左衛門自身も血相を変えて走りまわった。

「帰路をたどり、牛坂とのあいだも何度となく往復いたしました」

境内に床見世を広げる香具師《やし》や宮司にも訊いてみたが、お幸らしき娘におぼえはないという。無論、旗本屋敷も訪ねた。琴を指南してくれる奥方にも訊いてみたが、お幸はいつもどおりに帰宅したという返事しか得られなかった。

お幸は、みずからの意思で消えたのだろうか。

いや、そうではなかろう。

その日、お幸はいつもどおりに琴を弾いていたという。

道行きを覚悟した十六の娘にできる芸当ではない。

しかも、お幸は舌を嚙んでいた。

女のほうが好いた男の事情に巻きこまれ、詮方《せんかた》なく死んでゆく。多くの場合、心中とはそうしたものだ。女は男に身も心も委《ゆだ》ね、死に方すらも委ねる。したがって、みずから舌を嚙むという死に方は、ほとんど皆無に等しい。

やはり、予期せぬ出来事に巻きこまれたのか。

蔵人介は確信を深め、大きく息を吸った。

そろそろ、肝心なことを質さねばなるまい。

「ご主人、旗本の姓名をお聞かせ願えぬか」

「奥御右筆組頭、風祭右京之介さまにござります」

「げっ」

蔵人介ではなく、市之進のほうが目を剝いた。

「義兄上」

「ふむ。これで、ひとつ繋がったな」

心中と膳所藩を結びつける接点に、奥右筆組頭が浮上した。

風祭右京之介はまだ四十手前の若さだが、切れ者と評判の人物だ。

しかも、中奥を牛耳る中野碩翁に可愛がられ、公方の信頼も厚い。

正面切って対峙するには、厄介な相手であった。

「義兄上、さっそく調べてまいります」

「慎重にな」

市之進は刀を拾いあげ、一礼して背中をみせた。

庄左衛門はさきほどから、口をぽかんと開けていた。

「矢背さま、あの……まさか、風祭さまが関わっておられると」

「まだ、そうときまったわけではない。この件はおぬしだけの胸におさめ、わしらに下駄をあずけてくれ」

「は、はい。承知いたしました」

日野屋庄左衛門は深々と頭を垂れ、畳に大粒の涙を落とした。

五

大路を隔てた向こうには、井伊掃部頭の蔵屋敷があった。

彦根藩井伊家の殿さまは第十二代藩主の直亮《なおあき》、四十手前の若さだが、次期大老《たいろう》とも目される器量の持ち主らしい。

「掃部頭さまの御屋敷か。気づかなんだな」

蔵人介はそそりたつ海鼠塀《なまこべい》を眺め、西本願寺《にしほんがんじ》へとむかった。

南八丁堀から木挽町《こびきちょう》にかけては、広大な大名屋敷がつづく。汐留橋《しおどめ》をめざすには、掘割に架かる橋をふたつほど渡ったほうが近道だ。

日暮れは近い。

川風が吹きあげ、自然に足も早くなる。

蔵人介は万年橋《まんねん》を渡った。

左手は諏訪因幡守《すわいなばのかみ》の上屋敷、左手には白い原野がひろがっている。采女ヶ原《うねめがはら》であった。

流鏑馬や鷹狩りもおこなわれる。行事がなければ、日中でも寂しい原野だ。

今は一面の雪に覆われている。

灌木《かんぼく》の影が長く伸び、ざわざわと風に揺れていた。

雀色刻《すずめいろどき》になると、四つ辻に魔物があらわれるという。

さきほどから、得体の知れない気配を感じている。

「刺客か」

だとすれば、奥右筆か膳所藩か、どちらかの放った剣客であろう。

それをたしかめてみるのも一興。蔵人介は立ちどまった。

往来に人影はない。気配も消えた。

五十間（約九一メートル）ほどさきに、ぽっと灯りが点いた。

「辻番所《つじばんしょ》だな」

大股で歩みだす。

刹那《せつな》、手前の四つ辻に痩せた人影があらわれた。

すたすたと歩みより、たがいに顔のみえる位置で足を止める。

歳は三十前後か、いや、もう少しいっているかもしれない。

月代《さかやき》はきれいに剃られ、太い鬢は先端で反りかえっていた。

痩身で、首も手足も筋張っている。

落ちつきはらった声が聞こえてきた。

「公儀御毒味役、矢背蔵人介どのか」

「いかにも。そちらは」

「ゆえあって、姓名は明かせぬ」

「膳所藩に縁ある者か。それとも、雇われただけの野良犬か」

「すまぬが、問答しておる暇はない」

男は白刃を抜き、すっと面前に立てた。

力みの感じられない自然体である。

立禅《りつぜん》、ということばが浮かんだ。

侵しがたい静謐《せいひつ》さが漂っている。

まさに、錫杖《しゃくじょう》を構えた禅僧のようだ。

かなりの遣い手だろう。まちがいない。

「お命、頂戴いたす」

男は唇もとを動かさず、静かに発した。

だが、容易に斬りかかってこない。

隙を窺っているのだ。

蔵人介は腰を落とし、目で相手を抑えこむ。

唇もとを動かさず、男がまた喋った。

「抜かぬ気か」

刀を青眼に落とし、後ろの右足をすっと開く。

両足を撞木《しゅもく》に構え、切っ先を内側にやや倒した。

念《ねん》流か。いや、円明《えんめい》流にも「捩構《もじがまえ》」という似た構えがある。

男が喋った。

「なるほど、居合だな」

にやりと笑い、足を揃えて腰を伸ばす。

こんどは切っ先を斜めに落とし、面と胴をがら空きにして身構えた。

「武蔵流か」

宮本《みやもと》武蔵といえば二刀流だが、すべての基本は一刀の修得にあった。

巧みに誘い、誘いながら斬る。「張付《はりつけ》」と称する独特の構えを、武芸上覧のおこなわれた白書院の末席で目にしたことがある。

型を披露したのは、ほかでもない、奥右筆組頭の風祭右京之介であった。

武蔵流には「指先《さしせん》」なる技があるという。

敵の攻撃を半身にさばき、咽喉にむかって乾坤一擲《けんこんいってき》の突きを見舞う。

相手の攻撃を察するや、気を抑えこむように踏みこむのだ。

機前《きせん》の気をとらえて動くとも表現する。

蔵人介は躊躇った。

下手に抜けば、つぎの瞬間、咽喉を串刺しにされるにちがいない。

想像しただけでも空怖ろしい技だ。

風祭右京之介の峻烈《しゅんれつ》な太刀筋を思い出し、蔵人介は身震いした。

もちろん、対峙するのは風祭ではない。

奇《く》しくも、同流の太刀を修めた者なのだろう。

だが、尋常ならざる相手にかわりはない。

くそっ、わしともあろうものが。

臆している。

采女ヶ原から、寒風が吹きつけた。
いっこうに、寒さを感じない。
脇の下には、びっしょり汗を掻いている。
「はあ……っ」
男は裂帛《れっぱく》の気合いを発し、またもや、撞木足に構えた。
さきほどより、腰の位置が低い。
白刃は正面ではなく、脇にある。
脇構《わきがま》え、車《しゃ》の構えだ。
切っ先はみえず、みえるのは柄頭《つかがしら》のみ。
白刃は隠され、斬撃《ざんげき》の一瞬を待っている。
男の顔には、気が張りつめていた。
歯を食いしばった顔は狂言の武悪、閻魔顔にほかならない。
「それは」
蔵人介は吐きすてた。
「一刀渾身《こんしん》、虎振《とらぶり》の構えか」
刀と身は一体になり、五体は炎を逆立たせる。

――伏した虎の獲物を狙うがごとし。
口伝《くでん》は、そう伝えていた。
こちらから仕掛ければ、必ず斬られる。
胴を横薙ぎに断たれるであろうと、蔵人介は察していた。
策はある。ただし、一か八《ばち》かの策だ。
勘づかれたら一巻の終わり、即座に小手《こて》を落とされよう。
しかし、それを使う以外に勝ち目はない。
やるか。
蔵人介は長い柄に左手を滑らせ、鯉口を切った。
と同時に、男が後方へ一間《けん》（約一・八メートル）余りも飛びのいた。
本身を黒鞘におさめ、後ずさりしはじめる。
「ん、臆したのか」
蔵人介は吼えた。
内心ではほっとしながらも、頬で嘲笑ってみせる。
男は鬢を掻いた。
「正直、おぬしの技倆がわからぬ。やりあってもよいが、今日のところは勝ちがみえぬ」

「勝てぬ勝負はせぬか。賢いな」

「いずれまた、お逢いするときもあろう。では、失礼いたす」

男は一礼し、四つ辻に消えていった。

ずいぶん礼儀正しい刺客があったものだ。

「命拾いしたな」

蔵人介は肩の力を抜き、ほおっと息を吐いた。

六

坊主頭の斬殺死体がひとつ、本所《ほんじょ》の百本杭《ひやっぽんぐい》に流れついた。

大川の上流に捨てられた死体は、多くが百本杭に流れつく。

釣りの名所でもあるので、太公望《たいこうぼう》たちが土左衛門《どざえもん》をよくみつけるのだ。

死体は同朋衆の道阿弥であった。

心臓を正面からひと突き、傷は背中まで貫通していた。

刃を寝かせ、肋骨《あばら》の狭間を刺しつらぬいたのだ。

よほどの手練《てだれ》がやったものと推察された。

「口封じだな」

と洩らし、蔵人介は焼いた肉を頰張る。

市之進をともない、今夜も牛天神裏のももんじ屋で牛肉を食っているのだ。

「亀山喜平殺しと手口が似ている」

「やはり、義兄上を襲った刺客の仕業でしょうか」

「おそらくな」

「手強《てごわ》そうな相手ですね」

「なあに、たいしたことはない」

と、強がりを吐く。

市之進は、蔵人介が刺客の役目を負っていたことを知らないので、しきりに恐縮してみせる。

「もし、義兄上が刺客に斬られるような事態にでもなったら、姉上になんと言い訳すればよいのやら」

「縁起でもないことを申すな」

「されど、相手は刺客。いつなんどき、襲うてくるやもしれません」

「そのときはそのとき」

「やりあうのですか」

「まあな」

「義兄上は居合抜きの名人です。それはわかっておりますが、人斬りで飯を食う相手とやりあって勝ち目があるとはおもえませぬ」

「せいぜい案じておれ」

蔵人介は苦笑し、さらりとはなしを変えた。

「ところで、奥右筆のほうはどうだ。何かわかったのか」

「はい。風祭右京之介はやはり、彦根藩と繋がっております。月に一度は一流の料理茶屋で過分な饗応を受け、盆暮れには馬代と称して金品がどっさり届けられるとか。歳暮の品にはもちろん、近江牛の献上肉もふくまれておりましょう」

「ふうん、羨《うらや》ましいな」

蔵人介は網から垂れる肉汁をみつめ、生唾を呑みこんだ。

「膳所藩の仕置きに関しては、おなじ近江の雄藩である彦根藩の意見に拠《よ》るところが大きいそうです。膳所藩の留守居役は彦根藩と風祭の密接な間柄に目をつけ、同朋衆の道阿弥を介して風祭に近づいたのではないかと推察されます」

「ちとわからぬ。膳所藩の仕置きとはなんだ」

「義兄上は、五十年前の膳所騒動をご存じですか」

「いいや、知らぬ」

先代の本多康完《ほんだやすさだ》（第十代藩主）が藩を統治していたころ、本多家は御家断絶《おいえだんぜつ》の窮地に立たされた。家老職にあった奸臣《かんしん》らによって藩政が牛耳られ、それが一部の権力者のみを富ます悪政であったがために、家臣団と領民の猛反撥を招き、ついには領内あげての百姓一揆《いっき》にまで発展したのだ。

裁定は幕府に委ねられ、奸臣一派はことごとく処断された。騒動はなんとか鎮静し、彦根藩の口利きなどもあって、本多家は断絶こそ免れたものの、末代まで消えぬ汚名を着せられることとなった。

いちど揺らいだ信用は、容易なことでは取りもどせない。

今の藩主である康禎《やすつぐ》（第十一代）は藩主になって二十八年目だが、つねのように断絶の危機を肌で感じながら、涙ぐましい努力を強《し》いられてきた。

まっとうな方法では、幕閣《ばっかく》の狸や狐どもを納得させるのは難しい。

康禎の側近は彦根藩にも意見を求め、これぞとおもった相手にせっせと進物《しんもつ》を贈るなどして、なんとか主家の命脈を保ってきたのである。

奥右筆組頭への接近も、そうした背景があってのことだった。

「機をみるに敏な風祭右京之介ならば、狸や狐の肚を探ることもできると考えたのでしょう」

幕閣のお偉方に賄賂を贈る一方、膳所藩の台所は火の車だった。

そうしたなか、藩収を巧みに確保する不正の疑いが浮上してきた。

「おそらく、日野屋も不正に深く関わっておりましょう」

「日野屋が」

「はい」

膳所藩は将軍家および御三家にたいして、御用蠟燭を大量に納入する権利を持っているという。

「確証は得られておりませんが、御用蠟燭の納入量を大幅に減らすなどして、藩収を捻りだしている節がございます」

数年来の不正で得られた金額は、数万両におよぶという。

「塵《ちり》も積もれば山となる。蠟燭一本けちれば金になる」

「仰るとおり」

「亀山喜平の勘づいた不正とは、それか」

「おそらく」

亀山は分《ぶん》をわきまえず、六万石の大名相手に強請をかけ、何やかやと甘い汁も吸ったが、仕舞いには葬られてしまった。しかも、好いた相手のお初ではなく、知りもせぬお幸との道行きに擬せられて、不名誉な死にざまをさらしたのだ。

市之進は声をひそめる。

「ひとつ気になるはなしを耳に挟みましてね。半年前、さるお局《つぼね》さまに仕える奥女中がひとり、変死を遂げたそうです」

奥女中は大奥奥御膳所裏の御炭部屋で全裸でみつかったが、舌を嚙みきっていたらしい。

「舌を」

「はい。お幸といっしょなので、ちと引っかかりましてね」

変死を遂げたのは武家の娘ではなく、油問屋の娘だった。金に糸目を付けぬ親の努力の甲斐あって、念願の大奥奉公を勝ち得たばかりであったという。

「じつは、娘の奉公に当たって仲介の労をとったのが、誰あろう、風祭右京之介だったそうです」

「ほほう」

「奥女中の死は内々に処理されました。どうも、碩翁さまのご指示で揉み消された形跡がござります」

「ふむ、おぬしにしてはよう調べた。そこまでわかっていながら、目付は動かぬのか」

風祭右京之介の名を出すと、筆頭目付の木滑弾正は途端に渋い顔をしてみせた。

「蜂の巣に手を突っこむようなものだから、探索は差しひかえよとご命じになられ、亀山喜平と膳所藩の一件さえも、うやむやにされそうです。風祭の背後には、碩翁さまがついておられます。蜂の巣に手を突っこむとは、そのことでござりましょう」

「情けない。おぬしら目付はいつもそうだ。雑魚《ざこ》ばかり追って本物の悪党は野放しにする。木滑弾正は強面《こわもて》のくせに、保身しか考えぬ腰抜けだな」

「義兄上、いくらなんでも言いすぎでは」

「おぬしはどうする。命にしたがって手を引くのか」

「いいえ、やりますよ。意地でも解決してみせます」

「よし、その意気だ」

市之進は顔を真っ赤にしながら肉を食い、ふと、箸をとめた。

「どうした」

「いえ、別に」

「お初のことか」

「はあ」

「がっかりさせてわるいが、あまり薦められぬな。あれは男を狂わす女だ」

「そうでしょうか」

「おぬしが惚れるのも、わからんではないがな」

「義兄上、その件はもうけっこうです」

「あきらめたか」

「なにやら、どうでもよくなってまいりました」

「そんなことを言っておるから、嫁を貰えぬのだ」

「それより、やはり、妙だとはおもいませんか」

首をかしげる義弟に、蔵人介は面倒臭そうに問うた。

「なにが」

「心中にみせかけ、亀山喜平を亡き者にするのなら、相手はお初でなければならなかったはずです。されど、お初は生かされ、お幸が身代わりになった」

「お幸は身代わりになったのではない。そう考えてみたらどうだ」

「どういうことです」

「お幸はさきに死んでいた。もっと言えば、風祭に乱暴され、舌を噛みきって死んだのではあるまいか」

「なるほど。お幸は曲がりなりにも御用達商人の娘、事が露顕《ろけん》すれば、いかに奥右筆組頭とて断罪は必定《ひつじょう》。すべてを隠蔽《いんぺい》せんがため、風祭は膳所藩に相談をもちかけた」

「膳所藩にしてみれば渡りに船、鬱陶《うっとう》しい亀山を葬りたいところだった。双方の思惑が一致し、亀山とお幸は死体となって苫舟に乗せられた」

蔵人介の筋読みを聞き、市之進はぱんと膝を打つ。

「なるほど。そうした筋書きなら、お幸が舌を噛みきって死んだ説明もつきますね」

「真相を知る道阿弥は、口封じのために殺されたのだ。ほかに真相を知っていそうな者はおらぬか」

「お初はいかがでしょう」

「ふむ、鍵を握っておるやもしれぬ」

「義兄上、どうなされる」

「善は急げだ」

ふたりは、同時に腰をあげた。

七

門前仲町の大路へ足をむけてみると、茶屋が軒をならべる一角はたいへんな騒ぎになっていた。

大勢の野次馬が集まるなか、御用提灯が飛びかい、捕り方の怒鳴り声が錯綜《さくそう》している。

「おい、何があった」

野次馬を呼びとめて質すと、驚くようなこたえが返ってきた。

「喜八の主人が殺《や》られた。心臓をひと突きだ」

刺したのは月代頭の侍。返り血を浴びた顔で往来にあらわれ、一の鳥居のほうへ逃げたらしい。つい今し方のことなので、まだ近くに潜んでいるかもしれぬという。

四つ辻から呼子《よびこ》の音が聞こえてきた。

御用提灯の一団がむきを変え、暗がりへ躍りこんでいく。

市之進は脱兎のごとく駆け、御用提灯を提げた小者《こもの》をつかまえた。

「おい、殺られたのは主人ひとりか」

「さいです」

「巻きぞえになった者は、おらぬだろうな」

「おりやせんよ。でも」

「でも、なんだ」

首根っこをつかむ勢いで訊くと、小者は腰を抜かしかけた。

「下手人のやつ、芸者をひとり連れて逃げやした」

「なに」

「初吉という妓《おんな》でやす」

市之進は、ぎゅっと奥歯を嚙みしめた。

みたこともない鬼のような形相だ。

「市之進、冷静になれ。ちと妙だぞ」

「何がです」

「捕り方の動きが迅速すぎる。それに数も多い。まるで、殺しがあることを最初からわかっていたかのようだ」

　こんどは、蔵人介が捕り方をつかまえた。

　小者ではなく、腰帯に房《ふさ》十手を差した小銀杏髷《こいちょう》の同心《どうしん》だ。

「すまぬが教えてくれ。おぬしらがやってきたのは何刻《なんどき》まえだ」

「一刻ほどまえですが」

「主人が殺られるまえではないか」

「それはどうでござろう。なにせ、上の指図で動いておるだけでござりますから」

「上の指図か」

　信頼のおける筋から、奉行所に通報があったのだ。そうでなければ、これだけの捕り方を動かすことはできない。

　市之進が眉をひそめる。

「義兄上、出役《でやく》の命を下したのは、どなたでしょうか」

「町奉行だろうな」

　町奉行を除くと、通報ひとつで捕り方を動かすことのできる実力者はかぎられてくる。

「奥右筆組頭なら、できるかもしれぬ」

「なるほど」

「そうなると、膳所藩も共謀しておった公算が大きいな」

「なんのために」

「真相を知る邪魔者を消すためだ。刺客ともどもな」

喜八の主人も同朋衆の道阿弥と同じく、口を封じなければならなかった。それと同時に、用無しになった刺客を葬るべく、捕り方が差しむけられたのだ。

市之進は、口から唾を飛ばしながら問う。

「刺客はなぜ、お初を攫《さら》う必要があったのでしょう」

「それよ。深い事情《わけ》がありそうだ」

蔵人介は何かおもいつき、くるりと踵《きびす》を返した。

一の鳥居を背にして、永代寺《えいたいじ》の門前へむかう。

市之進が追いかけてきた。

「義兄上、どこへ」

「黙って従《つ》いてこい」

「はあ」

門前の広小路を右手に折れると、前方に掘割があり、朽ちかけた橋が架かっていた。

蓬萊橋《ほうらい》という名だが、地元では「がたくり橋」で通っている。

洲を越えれば海なので、湿った海風が吹きつけてくる。

橋を渡りはじめると、ぎしっと足許が軋んだ。

門前仲町の大路とは異なり、あたりは漆黒の闇に包まれている。

時折、遠くで呼子の音が聞こえたが、捕り方の手はまだおよんでいない。

橋を渡った先の佃町には、貧乏人相手の遊女屋が何軒かある。軒行燈がみえても
よさそうなものだが、それすらもなく、町は死んだように静まりかえっていた。

「義兄上、どちらへ」

「もうすぐだ」

蔵人介は堀沿いの道を三十間ほどすすみ、狭い横道に踏みこんだ。

「あれだ」

足を止め、仄《ほの》かな光が揺れるあたりを指差す。

石燈籠のようだ。小さな祠がある。

「佃町の弁天さまだ」

「もしや、貧乏神が祀られているとかいう」

「おう、それだ」

「まさか、祠のなかに」

「ふむ。刺客がお初を連れ、隠れておるとみた」

「お待ちくだされ」

市之進は声をひそめる。

「それでは、お初が刺客を庇っていることになりませんか」

「かもしれぬ。いずれにしろ、ふたりは知りあいだ。そうでなければ、お初を連れて逃げることの説明がつかぬ」

「なるほど」

「当て推量をしておってもはじまらぬ。祠を覗《のぞ》いてみるぞ」

「げっ、覗くのですか」

「嫌なのか」

「まだ死にたくありません」

「お初の安否が気にならぬのか」

「それは案じられます」

お初の無事を祈る気持ちが強いのは、むしろ、自分のほうかもしれない。

蔵人介はそんなふうに感じながら、慎重な足取りで祠に近づいていった。

「ん、おるな」

祠のなかに人の気配がある。

市之進は石地蔵のように固まった。

月代に膏汗《あぶらあせ》が滲んでいる。

蔵人介は歩みより、大胆にも声を掛けた。

「お初、そこにおるのか。わしだ、鬼役の矢背蔵人介だ。案ずるな、顔をみせてくれ」

祠は沈黙したまま、息継ぎすら聞こえてこない。

だが、狭い空間には殺気が膨らみかけている。

「そこに黒闇天女が祀られておるのであろう。貧乏神といっしょにおると運がはなれてゆくぞ」

ぎっと、観音扉が開いた。

暗闇の奥に、赤い目が光っている。

やはり、獣が一匹隠れているのだ。

しかも、血の臭いがする。

返り血か、それとも、手傷でも負ったのか。

黒羽織の袂がひるがえり、お初の白い顔があらわれた。

赤い目はそのまま、こちらをじっと睨みつけている。

「お殿さまですか」

「おう、おぼえていてくれたか」

「はい」

「紹介しよう。これはわしの義弟でな、綾辻市之進と申す者だ」

「存じております」

「へ」

と、市之進が間抜けな声を洩らす。

「御徒目付の旦那でしょう。半年まえから、茶屋町でよくお見掛けしておりました。お調べになっておられたのは、亀山喜平さまの件ですよね」

「先刻承知ということか」

落ちこんだ様子の市之進を尻目に、蔵人介が笑いかける。

お初も顔を紅潮させ、笑いかえしてきた。

「でも、矢背さまの義弟さまとは、夢にもおもいませんでした」

「市之進をどうする気だった」

「それは、兄に訊かねばわかりません」

「兄だと。そこに隠れておる刺客のことか」

「刺客ではありません。彦根藩の元馬廻《うままわ》り役です。些細《ささい》な失態で役を解かれ、人減らしで藩をも逐《お》われ、五年もの浪人暮らしを送ったあげく、縁者をたよって兄妹ともども、膳所藩に拾っていただくことになりました。この一件が片づけば、三十俵二人扶持の歴《れき》とした藩士になるはずでしたのに……それも、かなわぬこととなりました」

「やめよ、お初」

祠の奥から、叱責《しっせき》が聞こえた。

のっそりと登場したのは、采女ヶ原で遭遇した男にまちがいない。

「おぬしは、そこに控えておれ」

「はい」

お初はしおらしく俯《うつむ》き、祠の陰に隠れた。

男は殺気を帯びたまま、ぼそっと吐きすてる。

「裏切られた」

「ん、なんだと」

「膳所藩に裏切られたのでござる。わしらは最初から捨て駒だった。うまいはなしには裏がある。それに気づかぬとは、あまりに情けない」

「白洲《しらす》でぶちまけてやればよかろう。悪党どもの描いた筋書きをすべて」

「縄を打たれたら、潔く罰を受けるまで。往生際《おうじょうぎわ》の悪いことはしたくない」

「敵は、おぬしの潔い性分《しょうぶん》につけこんだわけか」

「そもそも、肝心なことは知らぬ。町娘の死体がひとつあった。亀山喜平なる小悪党を殺《あや》め、町娘と心中したようにみせかけよと命じられた。すべては藩のためと説かれ、お初にまで汚れ役をやらせたのだ」

お初は亀山が死ぬ運命にある男とも知らずに近づき、狙いどおりに気持ちを奪ってみせた。

そこで役目は終わりとおもっていたが、死体の処理を手伝わされた。

心中にみせかけるべく、男女の小指どうしを糸で結んだのは、お初のやったことであった。

運に見放された兄妹は、運を呼びこむために無理をした。

事情も知らずに人を斬る。兄は虚しい役目に手を染めた。

すべては侍の矜持《きょうじ》を抱えながら、必死に生き抜くためだ。

生き抜くためには金が要る。身分も欲しい。ゆえに、人を斬った。

邪魔者を消せと命じられれば、虚しさを振りはらって人の命を断った。

亀山のみならず、道阿弥も喜八の主人も男の手に掛かった。

横から首を突っこんだ蔵人介も、危うく命を落としかけた。

浜風が血腥《ちなまぐさ》い臭いを運んでくる。

「おぬし、手傷を負ったな」

「油断したのでござる。喜八の主人が千枚通《せんまいどお》しを隠しもっていようとは、おもいもよらなんだ。腿を刺されましてな、走ることもかないませぬ」

「深川あたりにおったら、朝までには捕まるぞ」

「承知しており申す」

蔵人介は、にっと笑いかけた。

「逃がしてやろうか」

「まことでござるか」

「先日のことは水に流そう」

「ありがたい。されど、なぜ。なぜ、助けようとなされる」

「理由はない。行きがかり上、こうなったまでのこと」

「かたじけない」

男は襟を正し、ぺこりと頭をさげた。

「拙者は元彦根藩藩士、駒井丑之丞《こまいうしのじよう》でござる」

「名乗る必要はない」

「そうもいきませぬ」

「虎口《ここう》を脱したら、どうするつもりだ」

「西へ旅立ちます」

「故郷へ帰るのか」

「さあ、それはまだ。旅立つまえに、決着をつけねばなりますまい」

自分を騙した連中に後悔させてやるつもりらしい。

手伝ってやろうかと言いかけ、蔵人介はことばを呑みこんだ。

余計なことのようにおもえたからだ。

死んだら骨を拾ってやる。

胸の裡《うち》でそう言った。

「洲崎《すさき》に船着場がある。そこから小舟に乗ろう」

「かしこまりました」

駒井はお初の肩につかまり、辛そうに歩きはじめた。

蔵人介は何をおもったか、石燈籠の灯明を取り、祠に翳《かざ》した。

尺に足りぬ弁天像の隣に、おなじ大きさの木像が祀ってある。

「あれか」

淋しげに佇む黒闇天女は、顔の右半分が欠けた煤《すす》けた木像だった。

八

いちどつまずいた人生を立てなおすのは、容易なことではない。

それを思い知らされたのは、睦月《むつき》も二十五日を過ぎたころだった。

文遣《ふみづか》いの小僧が屋敷にあらわれ、お初からの便りを置いていった。

嫌な予感がした。

文を開いてみると、

——兄死す。無念。

という一文が、目に飛びこんできた。

駒井丑之丞が斬られたのだ。

走り書きで綴られた顚末によれば、駒井は膳所藩留守居役の唐崎三郎兵衛を藩邸近くで待ちぶせし、夜陰に乗じて見事に討ちとった。さらに翌日、牛坂において奥右筆組頭の風祭右京之介を待ちぶせし、急坂を駆けあがって斬りつけたものの、敢えなく返り討ちにされたとあった。

お初は物陰に隠れ、兄が斬られた瞬間をみていた。

風祭は何事もなかったかのように立ちさり、駒井は血を吐いて坂道に伏した。

お初は守り刀を握り、風祭に突きかかろうとしたが、恐怖で足が動かなかった。

我に返って駆けよると、兄はまだ息があった。

「矢背どのに、矢背どのに……」

と言いのこし、こときれてしまったらしい。

蔵人介に仇討ちを託そうとしたのだ。

兄の遺言を伝えるべく、お初は泣く泣くその場を離れた。

駒井丑之丞の遺体は、行き倒れ者として処理されたらしい。

昨晩の話だ。

二十五日は天神様の縁日、牛天神の境内は夜になっても大勢の人で賑わっていた。

駒井は喧噪の間隙《かんげき》を衝き、天神裏の急坂で不意打ちを食らわせるつもりだった。腿の傷がまだ完治しておらず、痛みを抱えながら急坂を駆けのぼったことも負けた理由にあげられよう。

風祭は動じることもなく、駒井を一刀のもとに斬り捨てた。

唐崎が斬られたことで、警戒していたのだろう。

一方、駒井も相手の心理を読んでいたはずだ。

勝てるという確信がなければ、踏みきるはずはない。

奇しくも、ふたりはおなじ武蔵流を修めた者同士である。

技倆は紙一重だったにちがいない。

虎と虎が牙を剝きあわせたようなものだ。

しかし、駒井は腿の傷が癒えていなかった。風祭が坂上の優位な位置を占めていたことも、勝負を分ける要因となった。

それにしても、駒井丑之丞ほどの遣い手を斃《たお》すとは、予想を超える勁《つよ》さだ。

お初はおそらく、悩みぬいたであろう。

仇討ちなどという大それたことを頼めた義理ではない。縁もゆかりもない蔵人介に兄の無念を晴らしてほしいと頼むのは、いくらなんでも虫がよすぎる。

だが、ほかに頼ることのできる人物はいなかった。

文の結びは、こう締めくくられていた。

――武家に生まれた女として、初は死なねばなりません。もっと生きて、もっと唄っていたかった。それだけが無念でなりません。かしく。

無念の「念」の字が涙で滲んでいた。

兄を討たれた口惜しさや哀しさは深かろう。

が、それよりも、お初は生きたいのに生きられぬ運命を呪っている。

蔵人介は文をたたみ、懐中にそっと仕舞った。

何食わぬ顔で昼餉をとり、志乃と幸恵が交わす世間話を聞いた。

近所の誰々は礼儀を知らぬとか、隣の隠居は歯が抜けた途端に惚けたとか、他愛もないいつもの会話だが、なにやら新鮮に聞こえた。

鐵太郎は食事を済ますと縁側に書見台をしつらえ、往来物を素読しはじめた。

それが習慣となっている。成果は如実にあらわれ、このごろは志乃にも小言を言われなくなった。

夕方、市之進が訪ねてきた。

膳所藩の留守居役が非業《ひごう》の死を遂げたと聞き、蔵人介は驚いたふりをした。

お初の文には、いっさい触れなかった。

自分でもよくわからぬが、誰にも告げずにひとりで始末をつけたかった。

市之進はもうひとつ、亀山喜平の行状を筆頭目付に訴えた匿名の主がわかったと教えてくれた。

なんとそれは、半年まえに三行半《みくだりはん》を書かせ、実家へ出もどった元妻であった。

芸者に走った夫に悋気《りんき》を抱き、当てつけの訴状をしたためたのだ。

すべては、本人の告白によって判明した。

元夫が枕元に立って恨み言を吐くのだと、元妻は泣きながら訴えたらしい。

けっして、褒められた行為ではないが、元妻の訴状がなければ探索はおこなわれず、風祭右京之介の悪行も知られずにいたにちがいない。

筆頭目付は、亀山の元妻を罰しないことにしたらしかった。

蔵人介にとっては、どうでもよいことだ。

やるべきことは、ひとつしかない。

市之進が帰るのを待ち、やおら腰をあげた。

志乃は読み物でもしているのか、仏間に引っこんだままだ。

幸恵は家事に忙しそうで、どこに行くのか問うてもくれない。

鐵太郎は書見台のまえに座り、うたた寝をしていた。
蔵人介は着流しに褞袍《どてら》を羽織り、菅笠を片手に屋敷を出た。
浄瑠璃坂を下り、市谷御門のさきまで、濠に沿って歩んだ。
随所で紅梅が咲きはじめ、目に鮮やかな印象をあたえてくれた。
景色がいつもとちがってみえるのは、紅梅のせいばかりでもない。
死が目睫《もくしよう》に迫ると、人や景色がこれほどまでに愛おしくなるものなのか。
蔵人介は濠端から夕陽をのぞみ、涙がこぼれそうになった。
江戸川に架かる立慶橋《りゆうけい》を渡ると、東に水戸《みと》藩上屋敷の海鼠塀がみえてくる。
藩邸横の大路を北にすすめば、牛天神は目と鼻のさきだ。
堀川を越え、門前町から鳥居をくぐる。
昨日とは打って変わり、参詣人は少ない。
参道を抜けるころ、暮れ六つの鐘が鳴った。
雪解けの坂道は、ぬかるんでいる。
坂の途中で、蔵人介は足を止めた。
あきらかに、人が倒れた痕跡がある。
駒井丑之丞が斬られた道端には、白い侘助《わびすけ》が咲いていた。

「南無《なむ》……」

蔵人介は短く経を唱え、坂道をさらに下りた。

麓の一角でいちばん立派な旗本屋敷に近づき、菅笠を目深《まぶか》にかぶりなおす。

躊躇《ちゅうちょ》なく門を敲《たた》いた。

「はい、どちらさまで」

応対にあらわれた用人は、主人の不在を告げた。

予想どおり、風祭右京之介は帰宅していない。

蔵人介は名乗らずに礼を告げ、踵を返した。

あとは待つだけだ。

奥右筆の退城は遅い。

日によっては、亥ノ刻を過ぎることもある。

接待などがはいっていたら、なおさらだ。

それでも待っておれば、かならず風祭は坂道を下りてくる。

どんなに遅くなっても、牛天神の鳥居前で駕籠を降り、太田神社の黒闇天女に詣で、牛石を撫で、それから坂道を下ってくる習慣は変わらない。

風祭は縁起を担ぐ男だということは、従前より調べてあった。

それから一刻が経ち、牛坂は闇一色となった。

「冷えるな」

手先は温石《おんじやく》で温められるが、爪先はそうもいかない。

蔵人介は足踏みしながら待ちつづけた。

さらに、半刻が経った。

提灯を手にした人影は減り、ほとんどみかけなくなった。

と、そのとき。

提灯がぽつんとあらわれ、坂道を下りてきた。

「あれだな」

直感でわかった。

提灯の家紋は菅公《かんこう》(菅原道真)の梅鉢《うめばち》、牛天神の氏子が使用する提灯だ。

「まいるか」

蔵人介は温石を捨て、ゆっくり坂を登りはじめた。

九

風祭右京之介は足を止め、梅鉢紋の提灯を前面に翳した。

「刺客か。ふん、また斬られに来たか」

蔵人介は菅笠を脱ぎ捨てた。

縕袍は羽織ったままなので、間抜けな扮装《なり》だ。

「その顔、見覚えがあるぞ」

「矢背蔵人介にござる」

「おう、そうだ。鬼役どのが何用かな。そういえば、道阿弥が申しておったわ。喜八の厠でばったり出くわしたと。気にも留めなんだが、牛坂でこうして出逢ってみれば問わざるを得まい。わしに何の用じゃ」

「死んでもらう」

「うほっ、戯れ言を抜かす」

「戯れ言ではない。私利私欲を貪《むさぼ》る悪党に引導《いんどう》を渡さねばならぬ」

「ふっ、鬼役は毒味をするのが役目ではないのか。いや、待てよ。碩翁さまに聞いたことがあるぞ。お城には危ない鼠が一匹潜んでおるとな。もしや、おぬしが鼠なのか」

「わしなら、どうする」

「おもしろい。返り討ちにしてくれるわ。されど、そのまえに、ひとつ訊いておこう。誰の命で動いておる」

「誰の命でもない。みずからの意志さ」

「ほう」

「友の恨みを晴らすためよ」

「まさか、友とは膳所藩に雇われておった野良犬のことか」

「さよう」

「ふわっ、ははは。兄だけではあきたらず、妹までやってきたぞ。立慶橋のそばで待ちぶせしていたのよ。白装束に白鉢巻き、白襷を掛けてなあ。なんと艶やかな扮装ではないか。わしのなかに潜んでおる性悪《しょうわる》な虫が疼きだしてなあ。それにしても驚いたぞ。喜八の座敷に呼ばれた芸者が、返り討ちにした刺客の妹であったとはのう。わしのまわりを、鼠どもがちょろちょろ動いておったというわけだ」

「お初を斬ったのか」

「いいや、凍てつく土手に寝かせ、手込めにしてやった。事をやり遂げたあとで斬ろうとしたらば、まんまと逃げられてのう。堀川に飛びこみおった」

「なに」

「生きてはおるまい。この寒さではのう」

「外道《げどう》め。奥女中もお幸も、手込めにして殺めたのだな」

「お幸は勝手に死におったのさ。ま、殺める手間を省いてくれたがな」

蔵人介は、ぎりっと奥歯を嚙みしめる。

「外道め、女たちに死んで詫びるがよい」

「ふふ、死ぬのはおぬしじゃ。それに」

「それに、なんだ」

「思い出したことがある。おぬし、居合を遣うのであろう」

やはり、碩翁に聞いたのだ。

「さて、ちと喋りすぎたな」

風祭は提灯の灯を吹き消し、脇へ抛った。

白刃を抜き、すっと面前に立てる。

立禅か。

まさに、錫杖を構えた禅僧だ。
「ふっ、容赦はせぬぞ」
風祭は両足を撞木に構え、切っ先を内側にやや倒した。
捩構《もじがまえ》だ。
さらに、足を揃えて腰を伸ばし、こんどは切っ先を斜めに落とす。
面と胴をがら空きにした独特の構え、張付である。
采女ヶ原で対峙した駒井の動きをなぞっている。
いや、それは風祭自身が武芸上覧で披露した動きにほかならない。
機前の気をとらえ、乾坤《けんこん》の一撃で相手を斃《たお》す。
蔵人介にはしかし、怖れも迷いもなかった。
坂下から、寒風が吹きあげてくる。
裾がひるがえった。
「はあ……っ」
風祭は気合いを発し、撞木足に構えなおす。
あきらかに、腰の位置はさきほどより低い。
坂上から見下ろす恰好になっている。

白刃は正面ではなく、腰の脇にあった。
みえるのは柄頭のみ、切っ先はみえない。
白刃は隠され、斬撃の一瞬を待っている。
こちらからは、一分の隙も見出せない。
あたかも、笹叢《ささむら》に伏せた虎が首を擡《もた》げたかのようだ。
虎振か。
刀と身は一体になり、五体は炎を逆立たせる。
気の張りつめた風祭の顔は、紅潮していた。
――伏した虎の獲物を狙うがごとし。
仕掛ければ、斬られる。
胴を横薙ぎに断たれるであろう。
一か八か。
蔵人介は長い柄に左手を滑らせ、ぷつっと鯉口を切った。
「死ね」
風祭の白刃が唸る。
切っ先がぐんと伸び、胴を薙ぎあげた。

――じゃりっ。
金属の音が響いた。
襤袍の表面が裂け、鎖帷子《くさりかたびら》がみえた。
「うぬっ、くそ」
風祭は前歯を剝いた。
蔵人介は相手の懐中に飛びこんでいる。
ふたつの人影が折りかさなってみえた。
間合いが近すぎる。
「もらった」
蔵人介が吐きすてた。
柄の目釘《めくぎ》がぴんと弾け、八寸の抜き身が一閃する。
「ぐふぉっ」
切っ先が風祭の咽喉に刺さり、頭のうしろへ突きぬけた。
愛刀の来国次には、長柄のなかにも牙が仕込まれている。
それを見抜けなかったのは、慢心以外のなにものでもない。
風祭は驚いたように眸子《まなこ》を瞠《みは》り、鮮血を撒きちらしながら倒れてゆく。

奇しくも、駒井が斃死《へいし》したあたりだった。

道端に目を遣ると、白い侘助が萎《しぼ》んでいた。

耳を澄ませば、坂上から三味線の音色が聞こえてくる。

三味線に合わせて、何故か、唄声までが聞こえてきた。

「……客のこころはうわのそら、飛んでゆきたい、これわいさのーさ、ぬしのそば」

艶めいた深川節だ。

鳥追《とりお》いがひとり、哀しげに唄いながら牛坂を下りてくる。

「お初」

生きていてくれたのか。

だが、唄声は風音に掻き消され、鳥追いは煙と消えている。

おそらく、幻影をみたのであろう。

目に映っているのは、漆黒の闇だけだ。

「……く、黒闇天女か」

蔵人介はほっと溜息を洩らし、仕込み刃をおさめた。

末期《まつご》の酒

一

木戸の閉まる亥ノ刻を過ぎると、町は死んだように静まりかえる。火の用心を促す拍子木の音が冷たい風に運ばれてくるだけで、道端に点々とつづく商家の軒行燈も淋しげだ。

「酔うたかな」

蔵人介は用人の串部六郎太を連れ、楓川《もみじがわ》の川端を歩んでいた。

土手下に揺れる川面は星明かりをちりばめているものの、対岸の八丁堀一帯は暗い枯野と化している。

半歩さがった背後から、串部が声を掛けてきた。

「殿、鮪《まぐろ》も莫迦にしたものではございませぬな」

「美味であろうが」

「は。ことに、脂身《あぶらみ》がたまりませなんだ。これまで食べてきたなかで三本の指にはいります」

「ふふ、鮪の脂身を食わずしてなんの人生か」

「御意」

「わしの言葉ではない。上様の繰り言よ」

「まことでござりまするか」

「まことさ。十日に一度、鴨肉と称して膳に載せる」

「なにゆえ、鴨肉と」

「説くまでもなかろう」

鮪の異名はシビ。死日に通じる鮪は侍が忌《い》み嫌う下賤《げせん》の魚にほかならず、それを将軍みずから好んで食すことが知れわたれば、下々へのしめしがつくまい。

「されば、仕入れにも気をつかわねばなりませぬな」

「あたりまえだ」

御肴《おさかな》御役所の御納屋《おなや》役人は毎日欠かさず河岸から鮪を買っていく、などという噂が立てば、御上の沽券《こけん》にも関わってこよう。

「碩翁さまはたいそうご案じなされておるようだが、取りこし苦労というものさ。上様のおのぞみどおり、堂々と三度の膳に載せて差しあげればよい」

「さすれば、殿も毎度、美味い鮪にありつける」

「莫迦を申すな。御懸盤《おかけばん》の御品を味わってはならぬのが毒味の鉄則。鬼役ほど味気ないお役目もないのだぞ」

「これは失礼つかまつりました」

串部は、おどけた仕種で額をぺぺんと叩いた。

「それにしても、駿河屋《するが》与兵衛《よへえ》という男、平目に似ておりましたな」

「抜け目のない平目さ」

今宵は魚問屋『駿河屋』の主人に「どうしても」と誘われ、日本橋《にほんばし》浮世小路の料理茶屋へあがった。

笹之間詰めの鬼役は、河岸の連中に鬱陶しがられる御肴御役所にも顔が利く。となれば、放っておく手はない。

駿河屋にしてみれば恩を売るための露骨な接待にちがいなく、平常《ふだん》ならば拒まねばならぬところだった。拒むつもりでいたのだが、鮪を食す集いと聞いて足をむける気になった。

どんな高級魚でも饗することのできる魚問屋が、安価な鮪をわざわざ選んだところに惹かれた。毒味御用という役目柄、表向きは恬淡《てんたん》としているものの、本来は臍《へそ》まがりで好奇心旺盛な性分ゆえか、つい、誘いに乗ってしまったのだ。

しかし、悔いはない。鮪は美味だった。

「かの駿河屋、水野《みずの》さまの御用達《ごようたし》とか」

「ふむ」

老中首座の水野忠成《ただあきら》を藩主と仰ぐ沼津《ぬまづ》藩五万石に出入りしている。

吹けば飛ぶような膳奉行のひとりやふたり、接待せずともよい気もするが、商いとはそう単純なものではないらしい。

日ごろから方々に目配りしておかねば、いつなんどき足を掬《すく》われるやもしれぬ。それが生き馬の目を抜く魚河岸で生きのこる骨法《こつ》なのだと、平目は自慢げに講釈した。

「されど、殿に白羽の矢を立てたのは見込みちがいでござりましょう」

鬼役一筋二十有余年、甘い誘いは数々あれど、いちどたりとも賄賂を受けたことがない。

「賄賂もだめなら色でも釣れぬ。かような殿に粉をかけようとしても、無駄な努力というもの」

「それと察したからこそ、宿駕籠《しゅくかご》の送りもないのよ。金輪際《こんりんざい》、お呼びは掛かるまい」

「なにやら惜しい気もいたしまする」

「賄賂《まいない》を営々と貯めこんでおれば、いまごろ、たいそう立派な旗本屋敷に住んでおったろうな。わしが堅物《かたぶつ》ゆえ、養母上や幸恵に苦労をかけておる。さりとて、いまさら生き方を変えられるでもなし。鮪でも食いながら、平穏に過ごすしかあるまい」

「さよう。平穏がいちばんでござる」

主従は白魚橋《しらうお》を渡ってからも歩みをとめず、三十間堀《さんじっけん》沿いを南にむかった。

このさきは新橋《しん》、虎ノ門《とらのもん》、溜池とたどるつもりだが、屋敷のある市谷まではかなり遠い。

蔵人介は立ちどまり、くっと腰を伸ばした。

夜空を振りあおげば、七つ星が瞬《またた》いている。

「殿、そろりと辻駕籠でも拾いますか」

「そうだな」

「ちと、さがしてまいります」

「ふむ」

蟹のような串部の背中が、四つ辻の暗がりに消えた。

二

辻から黒い影がひとつ飛びだしてきた。

串部ではない。月代頭の侍だ。

突如、別の影が追いすがり、闇夜に白刃が一閃した。

「待て」

蔵人介は地を蹴った。

手に提灯はなくとも、夜目が利く。

「ぎゃっ」

悲鳴とともに、月代頭が倒れた。

討手《うって》は白刃を煌めかせ、とどめを刺そうとしている。

もういちど呼び掛けると、頭巾をかぶった討手が気怠《けだる》そうに振りむいた。

「こら、待たぬか」

「うっ」

異相とみえたのは、人の顔ではない。

阿多福《おたふく》の面であった。

すっくと、立ちあがる。

肩幅のがっしりした男だ。上背もある。

だが、刀は短い。一尺五寸にも足りぬ。

「小太刀《こだち》か」

腕と一体になっている。

蔵人介は五間（約九・一メートル）手前で立ちどまった。

刀は鞘におさまっている。

抜き際の一撃で仕留めねばなるまい。

「居合を遣うのか」

くぐもった声が響いた。

阿多福は後ろ足を引いて撞木に構え、蒼白い刀身を面前に翳す。

右手一本の片手持ちだ。

小太刀だけに、かえってやりにくい。

斬撃の間合いが、それだけ短くなる。

接近戦を得手とする似た者同士だ。

蔵人介は腰を沈め、爪先を躙《にじ》りよせた。

相手も腰を落とし、刀身をゆっくり青眼にさげる。

目に見えぬ境界を挟み、気と気がぶつかりあった。

白刃を交えずとも、全身が汗ばんでくる。

下手に踏みこんだら、命はない。

阿多福はこちらの力量を値踏みしながら、体の左面をむけて斜《はす》に構えた。

刀身を背後に隠している。

通常であれば、裏小手を狙ってくるか、それとみせかけて面斬りでくるか。どちらかであろうと、蔵人介は読んだ。

いや、そうともかぎらぬ。

咽喉への突きを狙ってくるかもしれぬ。

厄介なのは、相手の表情や目の色が読めぬことだ。

阿多福の面には、それなりの効果がある。
蔵人介は、踏みこむ機を逸していた。
抜けば斬られる。そう、おもった。
かといって、間合いから逃れる術《すべ》もない。
額に滲んだ汗が玉となり、頰を伝って流れおちた。
まずいな。このままでは、負ける。
そのとき、四つ辻に人の気配が立った。
駕籠をしたがえ、串部がもどってきたのだ。
「殿」
その声に、阿多福は反応した。
間髪《かんはつ》を容《い》れず、蔵人介は白刃を抜きはなつ。
「いえい……っ」
腰反りの強い来国次が、猛然と横胴を薙ぎあげた。
「む」
躱《かわ》された。
が、切っ先は浅く腹を裂いている。

「すりゃ……っ」

裂帛《れっぱく》の気合いとももども、返しの一撃がきた。

鎬《しのぎ》で受けた途端、強烈に手が痺れる。

右手討ちだ。

「殿、加勢いたす」

串部が駆けながら抜刀し、地を這うように迫った。

「雑魚め」

阿多福は袖をひるがえし、小太刀を大上段に振りあげた。

斬りかかるとみせかけ、一転、土手を駆けおりていく。

そして小舟に飛びのり、棹《さお》を器用に操って川へ逃れた。

あらかじめ、小舟を汀《みぎわ》に繋《つな》いであったのだ。

串部は深追いをやめ、本身を鞘におさめた。

「殿、お怪我は」

「ない」

蔵人介も国次をおさめた。

手のひらに、じっとり汗を掻いている。

「わしよりも、そやつだ」

地べたに俯した月代侍は、ぴくりとも動かない。

串部は屈みこみ、侍の肩を抱きおこした。

「おい、しっかりいたせ」

肩を揺すると、侍の唇《くち》もとが微かに動いた。

「は、謀《はか》られた……な、七《なな》つ屋に」

「なんだと、もういっぺん言ってみろ」

串部は顔を寄せて呼び掛けたが、男はすでにことされていた。

「こやつ、七つ屋に謀られたと申しました」

「謀られて殺められたか。ならば、辻斬りではないな」

「殿、いかがなされます」

「はあて」

蔵人介も屈み、死人の顔を覗きこむ。

「ん、こやつ見覚えがあるぞ」

「まことにござりますか」

「御広敷御膳所《おひろしきごぜんしょ》の御台所組頭で、名はたしか佐川又三郎《さがわまたさぶろう》」

みずからも庖丁を握る御家人である。

「妙な縁でござりますな」

「ふむ」

ふたりはほとけをその場にのこし、土手下へ下りていった。

「阿多福め、富田《とだ》流の小太刀を使う手練《てだれ》とみました。なれど、さすが殿は居合名人、手傷を負わせましたな」

「傷を負わせたことが、かえって仇《あだ》になるやもしれぬ」

「と、申されますと」

「手負いの獣ほど怖ろしいものはない」

「怖れておいでとは、おめずらしい」

「莫迦を申すな。つぎに遭ったら仕留めてやるさ」

強がりを吐きながらも、口惜しさが募った。

尋常の勝負では、あきらかに負けていた。

「殿、あれを」

小舟の去った川面に、阿多福の面が漂っている。

串部は枯れ枝で取ろうとしたが、面は川下に流れていった。

月星の消えた空を仰げば、ちらちらと白いものが落ちてくる。

「牡丹雪《ぼたゆき》か」

涅槃会《ねはんえ》には必ず降る名残《なごり》の雪だ。

「どうりで、寒いはずでござる」

串部は肩を震わせたが、蔵人介はいっこうに寒さを感じない。

干戈《かんか》を交えた興奮の余韻《よいん》が、しっかりと消えずにのこっていた。

三

庭で雀が鳴いている。

雪は積もりもせず、軒や庭木や石燈龍が薄化粧をしたにすぎない。

矢背家の朝餉は炊きたての白飯に木綿豆腐、皿には味噌のかかった輪切り大根、蜆《しじみ》の味噌汁に納豆、香《こう》の物などだ。

蔵人介は一膳目を納豆で食い、二膳目は豆腐飯にする。

豆腐をくずして飯に載せるだけ。これがけっこう美味い。

生姜《しょうが》と葱《ねぎ》のみじん切りがあれば、なおよい。たいていはそうする。

醤油を少し垂らしてかきまぜ、口をはふはふさせながら、一気にかっこむのだ。

志乃も幸恵も嫌な顔をするが、豆腐飯だけは譲れない。そこだけは依怙地《いこじ》になるとわかっているので、ふたりとも文句を言うのをあきらめている。

いよいよ豆腐飯に取りかかろうとしたとき、志乃が膳に箸を置いた。

「串部に聞きましたよ。御膳所のお役人が斬られたところに出くわしたとか」

「はあ」

「阿多福の面をかぶった賊と刃を交え、手傷を負わせたそうですね」

「串部め、そんなことまで」

「刀を抜くとは、蔵人介どのらしくもない」

志乃はいくぶん誇らしげに笑い、愛用の湯呑みに手を伸ばす。

蔵人介が返答に詰まると、幸恵が飯櫃《めしびつ》の蓋を閉めながら口を挟んだ。

「お義母《かあ》さま。そのようなお話、鐵太郎のまえでおやめください」

「あら、どうして」

「食欲がなくなります」

「侍の子でしょ。隣で何を言われようが、動じてはなりませぬ。のう、鐵太郎」

「はい」

鐵太郎は元気良く返事をし、幸恵にきっと睨まれた。

途端に下をむき、箸で飯粒を摘まみはじめる。

可哀相に、八つにして祖母と母の板挟みになっているのだ。

蔵人介は労《ねぎら》ってやりたくなったが、火の粉を避けるように沈黙した。

委細《いさい》かまわず、志乃は幸恵相手に喋りつづける。

「何か恨み言を吐いて、こときれたそうですよ」

「恨み言ですか」

「ええ、七つ屋に謀《はか》られたのだとか」

溜息が洩れた。

串部め。

目に浮かぶ。志乃に質されるまま、得意になって喋ったのだ。

「幸恵さんは、どうおもわれます」

「どうとは」

「お役人が斬られた理由ですよ」

幸恵はしばらく考えこみ、さっと顔をあげた。

「七つ屋は質草《しちぐさ》をあずけてお金を借りるところです。謀られたということは、返済のときに法外な利息を吹っかけられたか、あるいは、たいせつな質草を流されてしまったか、どちらかではありませんか。お役人は返済したくともできなくなった。ゆえに、謀られたと感じたのです。口論のすえ、七つ屋はお役人を殺害しようと決意し、用心棒を雇って闇討ちにした」

「なかなかの洞察《どうさつ》ですね。でも、幸恵さん、それだけの理由で七つ屋ごときに侍殺しができますか。そんな危ない橋を渡るものでしょうか」

「ならば、お義母さまのお考えは」

「ふふ、訊きたいの」

「ええ」

「お披露目いたしましょう」

「手短にお願いいたします」

棘《とげ》のある会話の応酬が、目のまえでやりとりされている。

蚊帳《かや》の外に置かれた蔵人介は、むかっ腹が立ってきた。

怒りを抑えこみ、音を起《た》てて豆腐飯をかっこむ。

志乃は気にも留めず、殺しの筋書きを語りだした。

「昨今のお役人は貧乏ですからね。扶持を担保に蔵前《くらまえ》の札差《ふださし》からお金を受けとり、それでも足りないときは、衣類だの家財道具などを七つ屋へ質入れいたします。打《う》ち殺《ころ》すなどという物騒《ぶっそう》なことばもあるくらいだから、質草が流されるのを覚悟で当座のお金を借りるのです。でもね、いよいよ、あずける質草がなくなったら、どうするとおもいます」

「さあ」

「一家で飢え死にするしかありませんよね。これは聞いたおはなしですが、飢え死にだけは避けようと、御家人株《ごけにんかぶ》を質に入れるのだそうです」

「そんな」

「驚くのも無理はありません。御家人株は直参《じきさん》の証し、万が一にも流されてしまえば身分が消えてなくなります」

「お義母さま、いくらなんでも御家人株を流すことなぞできますまい」

「いいえ、それができるのですよ。買い手はいくらでもいるそうです。成りあがりの商人《あきゅうど》とか、金貸し業を営む座頭《ざとう》とか、自分の子や身内を直参にしたいと願う人たちですよ」

御家人株の値段は、百石につき五十両が相場らしい。

「信じられませぬ」

蔵人介も聞いたことがあった。

御家人株の売買は正規に認められているので、町人であっても株さえ購入できれば侍になる手続きはさほど難しくない。

厳しいのは、売買の前提となる条件だ。

本人の隠居か死亡という明快な理由があり、嫡子《ちゃくし》は相続を放棄するという書面が必要になってくる。

条件さえ揃えば、あとは容易だ。

たいていは上役が仲介の労をとり、懇意の商人などに声を掛ける。その際、多少の謝礼は黙認されている。買い手が決まれば、売り手は養子縁組の手続きをおこない、系図と地位を売りわたして完了する。

だが、縁もゆかりもない質屋や金貸しが営利目的で御家人株を売買すれば、厳しく罰せられる。それでも、株を質草にしなければならない連中は大勢いるし、あずかった株を売って儲《もう》けたいと願う悪徳商人は多い。

志乃が指摘するとおり、御台所組頭の佐川又三郎が御家人株を質草に金を借り、株を流されたという筋書きは否《いな》めなかった。

あずけるのは蚊帳《かや》や炬燵《こたつ》ではない。御家人株である。言ってみれば、自分の命をあずけるようなものだ。

ところが、七つ屋は佐川本人の了解も得ず、勝手に株を売った。

御膳所の組頭は役得が多いため、株には二百両の値がつくという。

七つ屋は最初から佐川を騙し、担保に入れさせた株を売るつもりだったにちがいない。

「でもね、幸恵さん。株を流すためには乗り越えねばならぬ条件があります」

佐川が死なねばならない。

「まさか、お義母さま」

「ええ。きっとそれが、斬られた理由ですよ」

志乃はさらりと言ってのけ、冷めた茶を啜る。

幸恵は空唾を呑み、こちらを睨みつけてきた。

関わりになってはいけないと、目顔で訴えている。

あいかわらず、鐵太郎は黙々と飯を食べつづけていた。

蔵人介は溜息を吐き、志乃にむきなおる。

「養母上、当て推量もそのくらいに」

「当て推量だなどと、無礼な」

気が滅入《めい》ってきた。応じる気力も湧かない。

幸恵が膝を寄せ、湯吞みに茶を注いでくれた。

「お殿さまはたいそうお疲れのご様子、昨晩は大きな鼾《いびき》を搔いておられましたよ」

「幸恵さん、まことですか」

横から志乃が口を出す。

「不覚ですね、みっともない」

「お義母さま、そうあることではないのですよ」

「きっと、不慣れな宴席にお呼ばれしたせいですね。串部が申しておりました。鮪の脂身を食されたとか」

「あやつ、さようなことまで」

「鮪ならいくらでもお安く手にはいるでしょうに。それとも、魚問屋の饗する鮪はひと味ちがうのでしょうか。ちがうというのなら、是非いちど、ご相伴にあずかってみたいものです。ねえ、幸恵さん」

「はい、お義母さま」

志乃は朗らかに笑い、幸恵は膳を片づけはじめる。

姑と嫁は微妙な綱引きを演じつつ、上手に折りあいながらやっていた。

傍からみていると疲れるが、本人たちはけっこう楽しそうだ。

蔵人介は遠慮しながら暮らしている。借りてきた猫も同然なのだ。

志乃も幸恵も、蔵人介が養父から引き継いだ裏の御用を知らない。

何度も告白したい誘惑に駆られたが、それだけはやらずにきた。

——何があっても家人は巻きこむな。

それは亡くなった養父の遺言でもある。

「蔵人介どの、どうなされたのです」

志乃に顔を覗きこまれ、蔵人介はどきんとした。

「別に、どうもしておりませぬが」

慌てた様子で取りつくろうと、志乃は怪訝《けげん》そうな顔をする。

勘の鋭い養母には、心を読まれているような気がしてならない。

「蔵人介どの、阿多福面の遣い手に顔をみられたそうですね」

「は」

「道々、お気をつけなされ。ぼうっとしていると斬られますよ」

「肝に銘じておきます」

「では、ごちそうさま」

志乃は志乃なりに、案じてくれているのだろう。

そのことに気づかされ、少しだけ胸が熱くなった。

四

今日は朝から雲ひとつない快晴となった。

蔵人介は鐵太郎をともない、溜池の馬場まで足を延ばした。

父子ふたりで散策に出掛けるのは久しぶりのことだ。以前はよく凧《たこ》揚げなどに連れだしたものだが、袴着《はかまぎ》の儀式を済ませてからは遠慮するようになった。早く一人前の大人としてみとめてやりたい気持ちと、矢背家を継ぐ者として甘やかしてはいけないという使命感のようなものが胸に渦巻き、いっしょに遊んでやりたい父親の素直な心情を抑えこんできたのだ。

昨晩の雪のせいで、馬場は白と茶の斑《まだら》模様になっていた。

一年中水を満々と湛える溜池を眺めてもよくわからないが、愛宕下の大名屋敷へ通じる桜《さくら》川の上流へ行くと、雪解けで水嵩《みずかさ》があがっているのに気づかされる。

「父上、あれを」

蒼天《そうてん》高く、凧が舞っていた。

大きな奴凧《やっこだこ》だ。

右へ左へすいすい泳ぎ、旋回しながら落ちるとみせかけてまた上昇する。

上空はかなり風があるようだ。

「鐵太郎、行ってみるか」

「はい」

馬場の端に、大柄の男が立っていた。

頭は禿《は》げかけ、髷を後ろで小さく結んでいる。

着物は鈍色《にびいろ》の垢《あか》じみた代物だ。

食いつめ浪人にしか見えぬ男が空を仰ぎ、器用に凧糸を操っていた。

「おや」

どこかで見たことのある顔だった。

むこうもこちらに気づき、にっこり微笑んだ。

人を和《なご》ませる微笑仏のような顔は、あの男にしかできない。

「魚左衛門《とざえもん》か」

蔵人介は、男の愛称を口にした。

まことの姓名は、潮田藤左衛門《うしおだとうざえもん》という。

二十数年ものあいだ、本丸の御膳所で賄吟味役《まかないぎんみやく》を務めた御家人だ。

歳はあまり変わらぬはずだが、ずいぶん老けてみえる。

二年ほどまえ、城勤めを辞めたと人伝《ひとづて》に聞いた。

老けこんでしまったのは、そのせいかもしれない。

格別に親しい仲でもなかったが、いちどだけ深く関わったことがある。

魚左衛門なる愛称は、そのときの出来事がきっかけでつけられた。

蔵人介は大股で歩みより、ひらりと手をあげた。

「久方ぶり」

「どなたかとおもえば、矢背さまではござりませぬか。そちらは、ご子息でござるな」

「いかにも。鐵太郎と申す」

鐵太郎は顔を赤らめ、ぺこりとお辞儀をする。

「ご立派なご子息じゃ。いや、羨ましい」

「潮田どのは」

「いや、ははは、二年前に妻と別れましてな、袴着を済ませたばかりの跡継ぎがおったのでござるが、連れていかれました。なにせ、継ぐ家がなくなった。仕方のないはなしでござる」

御家人株を手放し、潮田という姓も捨てたという。

「侍の身分も捨てねばならぬのに、踏んぎりがつきませぬ。今は潮田ではなく、筵田《むしろだ》魚左衛門と名乗っております」

「すまぬ。辛いことを思い出させてしまった」

「かまいませぬ。二年も経てば傷も癒えます。ときはすべてを水に流してくれる」

潮田は少しだけ哀しい顔になり、すぐに笑みを取りもどして鐵太郎にむきなおった。

「凧、揚げてみるかい」

「え」

鐵太郎はきらきらした瞳で許しを請《こ》う。

蔵人介は頷《うなず》いた。

「よし、教えてやろう」

潮田は凧糸をいっしょに握らせ、手ほどきをしてみせた。

予想以上に糸の引きが強く、鐵太郎の腰がふらついた。

「踏んばりなされ。大地に根が生えたようにどっしりと」

「はい」

鐵太郎は歯を食いしばり、糸をぐいぐい引いた。

次第に要領がわかってくると、潮田の助けを借りる必要もなくなった。

「父上。ほら、凧が、凧があのように」

踊っている。

蔵人介の心も躍っていた。

「ありがたい。潮田どの、恩に着る」

「何を仰います。拙者のほうこそ、矢背さまには恩がござる」

「ん」

「お忘れか。いちど助けていただきました」

潮田は凧を見上げ、遠い目で語りはじめた。

「ご存じのように、拙者は嫌われ者でござった」

賄吟味役とは、御膳所ではたらく連中のあら探しをする役目だ。

嫌われこそすれ、好かれる役ではない。

吟味役がだらしないと、御膳所は不正の温床になりかわる。

毒味役の蔵人介は滅多に足を運ばぬが、調理場こそが潮田の仕事場だった。

二百坪余りもある板の間には井戸まであり、調理道具を収納する戸棚が所狭しと並んでいる。中央には大竈《おおかまど》が六つ、後ろには檜の四曲《よんきょく》で表裏に銅板を張った火《ひ》屏風《びょうぶ》が立てまわされてあった。

「思い出します。大釜《おおがま》はいつもぐつぐつ煮立っておりました。大きな俎板《まないた》からは、小気味良い庖丁の音が聞こえていた。拙者は、あの音を聞くのが好きで」

調理をおこなう御台所衆は三十人余り、手伝いの賄方《まかないかた》は四十人余りもいる。ほかに役人が七十人ほどおり、調理場はいつも人でごった返し、祭りのような熱気に包まれていた。

「矢背さまもご存じかとおもいますが、庖丁人どもは拙者の目を盗んでは小遣い稼ぎをやっておりました」

御膳所には全国から選りすぐりの食材が集まってくる。だが、旬の魚は切り身でほんの一部しか使用せず、鶏なども笹身《ささみ》しか使わない。鰹節《かつおぶし》にいたっては、二、三度削るだけ。もったいないので庖丁人たちは余った食材で弁当をつくり、当直の諸役人に売りはじめた。

「組頭も頭取も見て見ぬふり、拙者もある程度は仕方ないとあきらめ、黙認しておりました」

ところが、庖丁人たちは調子に乗って、不埒《ふらち》にも弁当売りを商売にしはじめた。総登城などの際、下馬先で待機する大名の供人たちに弁当を高値で売りつけるのだ。美味いので飛ぶように売れ、出入りの業者が仲介するようになった。ほかの吟味役は「君子《くんし》危うきに近寄らず」とうそぶき、そっぽをむいたが、潮田は容認できなかった。

あるとき、弁当をすべて没収した。当然のことをしただけなのに、御膳所台所頭に呼びつけられ、凄まじい剣幕《けんまく》で怒鳴られた。なぜ、弁当を腐らせたのだと、叱責されたのだ。

「そのとき、はじめて気づかされました」

御膳所を束ねる頭取からして、弁当代の恩恵を蒙《こうむ》っていた。

翌日から、嫌がらせがはじまった。みなに白い目でみられ、悪人扱いされたのだ。

数日後、めげずにまた弁当を没収したところ、庖丁人に指示を出す組頭と言い争いになった。土間の隅に追いつめられ、二重三重の人垣ができた。

「おのれ以外は、みな敵でした」

袋叩きにされかけたとき、誰かが一喝《いっかつ》してくれた。

——莫迦者。

蔵人介である。

「あの一喝がなければ、拙者は半殺しの目に遭わされておりました。矢背さまは命の恩人でござる。まさに、天の声としか申しあげようがなかった。矢背さまは何十人もの庖丁人にむかって、凜然《りんぜん》と諭されましたな。おぬしら、それでも庖丁人か。庖丁人としての矜持を持てと。あの言葉で、連中は憑《つ》き物《もの》が落ちたようになった」

おぼえている。だが、なぜ、そこにいたのかは忘れてしまった。

「矢背さまは御毒味役として、一目も二目も置かれておりました。ゆえに、突飛《とっぴ》ともおもえるご提案を、みなは受けいれた」

「ふふ、そうであったな」

蔵人介は腹の虫がおさまらない連中にむかって、俎板での勝負を提案した。

庖丁人の代表ひとりと潮田が庖丁を握り、鯛と平目を一尾ずつおろしてみせる。

刺身を別室に控えた蔵人介以下の三人が食し、味の優劣を決めるというものだ。

爾後《じご》、敗者は勝者のやることに口出しをしてはならない。

いささか強引だが、この提案を双方は呑んだ。

むしろ、庖丁人どもは喜んだ。

俎板勝負で吟味役に負けるはずはないと、誰もが思っていた。

その勝負に、潮田は勝ったのである。

そして、多くの者が敬意を込めて「魚左衛門」と呼ぶようになった。

しかし、数日後、潮田は役目を解かれ、謹慎の身とされた。御膳所の調和を乱すという頭取の自分勝手な判断により、懲罰を受けたのだ。潮田は自暴自棄となり、腹を切ろうとしたができず、御家人株を売りはらって野《や》に下った。

「それが城勤めを辞めた顚末か」

「くだらぬはなしに付きあわせてしまいましたな」

「わしにも責はある。俎板勝負などという莫迦なことをやらせたばかりに、おぬしの人生を狂わせてしまった」

「俎板勝負が原因ではござりませぬ。頑《かたく》なに正義を貫こうとすれば、早晩、ああなる運命にあったのでござる」

鐵太郎はあいかわらず、凧揚げに熱中している。

「褒めてやってくだされ。ご子息はすっかり骨法をつかんだようだ」

「ふむ」

「では、矢背さま、拙者はこれにて」

「爪は」

「差しあげます」

「そうはいかぬ」

「ご遠慮なされますな。拙者は今、古傘の骨から爪をつくることで身を立てております。部屋にもどれば爪の山。ひとつくらいどうということはない」

「されば、ありがたく頂戴する」

「どうぞ」

「おぬしの住まいを教えてくれぬか」

「神楽坂の藁店《わらだな》、食いつめ者の集まる吹きだまりでござるよ」

「それなら、いつか神楽坂で一杯飲《や》ろう。わしの実父が小料理屋をやっておってな」

「たしか、お父上はお城勤めであられましたな」

「長らく御天守番を務めておったが、還暦を過ぎて庖丁を握った。小料理屋の美人女将に惚れてな」

「はは、お元気でなにより」

「正直、怖ろしくて見ておれぬ。ふむ、そうだ。おぬしから庖丁の握り方を手ほどきしてもらえぬか」

「そんな、おこがましい」

「頼む、魚左衛門どの」

「矢背さまがそこまで仰るなら、いずれお連れいただきましょう」

「きっとだぞ」

「はい」

なにやら、別れが惜しい。

潮田とは、他人にそう思わせる男だった。

五

二日後、城内の泊番《とまり》を済ませていったん自邸へもどり、裃《かみしも》を脱いで綿入れに着替え、昼餉も食べずに外へ出た。

市谷から神楽坂までは坂と坂を繋いで登ったり下ったりしながら、のんびりと散策するのがよい。

まずは、鼠《ねずみ》坂の頂点から緩やかな鰻《うなぎ》坂を下る。

歌坂《うたざか》を登りきってまっすぐ行けば、逢坂《おうさか》に出る。

逢坂には物悲しい逸話があった。

地方長官となって東国へ赴任していた男が娘と恋仲になるものの、任期を終えて都へ戻ったのちに病死してしてしまう。ところが、亡くなったあとも娘にどうしても会いたい気持ちは消えず、生きている娘の夢にあらわれて、この坂で再会するという逸話だった。

逢坂の先には、見事な梅林がつづく。

梅林を眺めながら、庾嶺《ゆれい》坂を登り、若宮《わかみや》八幡宮の脇を抜ければ、神楽坂の横腹に行きあたる。

実父の叶孫兵衛《かのうまごべえ》は、ありもしない天守を三十有余年も守りつづけた男だ。忠義一筋に生きた誇り高き反骨漢。戦国の世ならば重用され、閑職に甘んじることもなかったであろう。

愛妻を早くに亡くし、御家人長屋で暮らしながら幼い蔵人介を育てた。うだつのあがらぬ御家人が胸に抱いた唯一の夢は、子息を旗本にすることだった。

努力の甲斐あって夢は叶い、孫兵衛は十一歳の蔵人介を手放すことに決めた。養子縁組先は誰もが毛嫌いする毒味役の家であったものの、養父信頼の「武士《もののふ》が気骨《きこつ》を失った泰平の世にあって、命を懸けねばならぬお役目なぞほかにあろうはずもなかろう」という説得に感銘《かんめい》を受けた。

蔵人介が養子になってからは長いあいだ、孫兵衛は身分のちがいを理由に親子の縁を断ちきり、逢ってもくれなかった。そして、蔵人介が四十を過ぎてからようやく、心おきなくはなしのできる間柄になった。

孫兵衛はおようという女将に惚れ、隠居を決意した。

御家人株を売り、侍身分も捨て、小料理屋の亭主におさまったのだ。

ようやく、このうえない幸福を手に入れたと、父は嬉し涙を流した。

ふたりの縁を取りもったのは、誰あろう、蔵人介にほかならない。

神楽坂を突っきり、甃《いしだたみ》の小径《こみち》をすすむ。

左右には大小の屋敷が建ちならび、まっすぐ行けば軽子《かるこ》坂へたどりつく。

蔵人介は枯れた四つ目垣《よめがき》に囲まれた簀戸《すど》門を抜け、瀟洒《しようしや》なしもた屋の敷居をまたいだ。

「あら、お殿さま」

おようが、にっこり微笑んだ。

品の良さと艶っぽさを兼ねそなえた女性《によしよう》だ。

若い時分は、柳橋で芸者をしていたのだという。

客をあしらう店内は狭く、鰻の寝床のようだった。

細長い床几を挟み、およう差しむかいで呑める造りになっている。

「ご無沙汰しておりました。父上は」

「お呼びいたします」

おようは勝手口から出て、裏庭にまわった。

狭い菜園がそこにあり、夏は茄子だの胡瓜だのが植えてある。

笊《ざる》に泥だらけの大根を載せ、孫兵衛が顔をみせた。

目尻の皺《しわ》にも、泥がこびりついている。

「これはこれは、お殿さま。ようおいでなされた」

「父上、他人行儀な物言いはおやめくだされ」

「よいではござらぬか。どうせ、最初のうちだけじゃ」

おようが燗酒をつけてくれた。

吉野《よしの》杉の香りが匂いたつ下りものだ。

いつもどおり、ちぎり蒟蒻《こんにゃく》の煮しめとあんかけ豆腐が出された。

孫兵衛が、笑いながら問うてくる。

「魚は甘鯛《あまだい》が旬、どういたす」

「刺身でいただきましょう」

「よし」

孫兵衛はしゅっと襷《たすき》掛けをし、刺身庖丁を握る。

結構さまになってきたなと、蔵人介はおもった。

「父上、御膳所に潮田藤左衛門という名人がおりましてな」

「なんの名人じゃ」

「魚を見事にさばいてみせます」

「庖丁人か」

「いいえ、御賄吟味役でした。今はもう辞めてしまったのですが」

「ふうん。で、名人がどうした」

「溜池の馬場で二年ぶりに再会しましてな、鐵太郎が奴凧を貰いました」

「ふん。どうせ、別れ際に神楽坂の小料理屋を訪ねてこいとでも申したのであろう。

父に庖丁さばきのひとつも指南してくれとかなんとか、抜かしたのではないのか」

「お見事。ようわかりましたな」

「おぬしのことなら、尻《けつ》の穴までわかるわい」

「あらまあ、はしたない」

孫兵衛は下品なことを口走り、おようにに叱られた。

仲の良い夫婦だ。

蔵人介は、美味い酒を味わった。

「ほれよ」

刺身の盛られた皿が、とんと出された。

「ほほう、腕をあげられましたな」

「あたりまえだ」

箸でひと切れ摘み、醤油に浸けて口に抛りこむ。

じっくり味わう様子を、孫兵衛とおようは息を詰めて窺っている。

「美味い」

ひとこと発した途端、ほっと安堵の溜息が洩れた。

「鬼役どのの舌にかなえば、どんな客に出しても恥ずかしくはない」

「父上、これなら名人の指南は要りませぬな」

「さようか。うはは」

孫兵衛は、なにやら楽しそうだ。

刺身のつぎは、青首《あおくび》と称される真鴨の網焼きが出された。粗塩《あらじお》を振り、千住葱とからめて食べる。

涎が出てきた。

されど、昼餉を食うためだけに訪れたわけではない。

「父上、牛込肴町《うしごめさかなまち》の七つ屋はご存じですか」

「質屋の門前屋《もんぜん》のことか」

「はい」

「主人の重五郎《じゅうごろう》は男細魚《おとこさより》じゃ」

「男細魚」

「見栄えは良いが、腹黒い男のことさ」

細魚は春と秋に旬を迎える魚だが、腹を裂くと真っ黒らしい。

「門前屋がどうかしたのか」

「じつは、佐川又三郎という庖丁人の組頭が斬られましてな。佐川は門前屋にかなりの借入があったらしいのです」

蔵人介は、佐川が殺害されたときの様子を告げた。

「ふうん、そんなことがあったのか」

討手が阿多福の面をかぶっていたと聞き、おようは身を震わせた。

調べてみると、佐川又三郎の住まいは番町《ばんちょう》にあった。番町に住む御家人の多くは薄給なので、楽な暮らしができない。妻女たちが古着を風呂敷に包んで牛込《うしごめ》御門を渡り、神楽坂の七つ屋へ足繁く通ってくるのだと聞いた。

「御台所組頭と申せば役得の多い役目、実入りはよかろう。なかには、旗本並みの暮らしをしておる者もいると聞いたことがあるぞ」

「佐川も派手な暮らしぶりだったようです」

「されば、隣近所から妬まれ、恨みから殺されたのかもしれぬのう」

「その線も捨てきれませぬが、やはり、養母上がご指摘なされたとおりでしょう」

「志乃さまが」

「はい」

串部の調べによれば、佐川は博打《ばくち》にのめりこんでいた。

とある大名屋敷の鉄火場《てっかば》に通いつめ、負けが込んでいたというのだ。

「荒くれどもに脅されていたようです」

佐川はまず、出入りの商人たちを頼った。

が、あまりに法外な賄賂を要求されるので、みな、見切りをつけて離れていった。

事情を知った妻も夫を見限り、離縁状を握って幼子と実家へもどってしまった。最後に藁にもすがるおもいで頼ったのが、評判の芳《かんば》しくない門前屋重五郎だったというわけだ。

「ふうむ。それにしても、御家人株を質草に金を貸すとは怪《け》しからぬやつじゃな」

「父上は株をどうやって売られたのです」

「わしは上役の仲介で売ってもらった。まさか、七つ屋が御家人株を売買しておるとはのう。知っておれば、そっちのほうが高く売れたかもしれん。惜しいことをした。ま、そのあたりは観音《かんのん》の辰《たつ》が詳しいはずじゃ」

「少し間の抜けた十手持ちですな」

「うほっ、噂をすれば影。昼餉を食いにあらわれたぞ」

目つきの鋭い中年男が、袖を靡《なび》かせながらやってきた。

「おっと、こいつは鬼役の旦那」

「よいところに来た。まあ、座れ」

「へい」

おようが注文を尋ねると、辰造《たつぞう》は「骨董飯《こっとうめし》」とこたえた。

骨董飯とは五目飯のことだ。いろいろ、具がはいっているのでこう呼ぶ。

「今日の具は細魚と赤貝《あかがい》、それに木耳《きくらげ》ですよ」

およしは笑って応じた。

細魚は干してから焼いたものを、赤貝と木耳は千切りにしてから載せる。具を載せた白飯には、温めたすまし汁を張っておろし山葵《わさび》を付けるのだ。

「親分、ちと聞きたいことがある」

猪口に酒を注いでやり、経緯をかいつまんで説いた。

「なるほど、御家人株をねえ。ま、重五郎ならやりかねねえな。古着買いに古銭《こせん》買い、故買商《こばいしょう》に骨董商、門前屋にゃ怪しい連中が出入りしておりやしてね。重五郎の野郎が高利貸しで荒稼ぎしてんのはまちげえねえんだ」

「七つ屋の高利貸しは御法度であろう」

「ところが、なかなか尻尾を出さねえ。縄も打てねえんでやすよ」

「わしのほうで揺さぶってみるかな」

「お気をつけなすったほうがいい。怖え番犬を飼っているって噂でさあ」

「番犬とは用心棒のことか」

「ええ。でも、そいつが妙なことに、誰なのか正体がわからねえんで。阿多福の面をかぶった凄腕の野郎だってことしかね」

「なんだと」

蔵人介は吐きすて、孫兵衛と顔を見合わせた。

やはり、重五郎と対峙してみねばなるまい。

「おまちどおさま」

おようが骨董飯を出した。

丼から美味そうな湯気が立っている。

「へへ、これこれ」

辰造は嬉しそうに割り箸を割った。

「お殿さまのぶんも、すぐにこさえますよ」

おようが笑いかけてくる。

「いや、楽しみはつぎにとっておこう」

蔵人介は腰をあげ、孫兵衛への挨拶もそこそこに店を出た。

六

質屋もぴんからきりまであるが、門前屋はまちがいなくぴんであろう。

建物は土蔵づくりの立派な構えで、訪ねた者を圧倒する。

ただ、表玄関はない。脇道をたどってゆくと、黒板塀の途切れたあたりに藍《あい》染めの暖簾がさがっている。暖簾をくぐると、頑丈な格子戸が前面を塞いでおり、格子戸のむこうに白髪の番頭が置物のように座っていた。

ほかには誰もいない。用心棒らしき人物もいない。

蔵人介は、押し殺したような声で問うた。

「主人はおるか」

「外出《そとで》しておりますが、ご用件は」

「ちと金を都合してほしいのだが」

「質草はござりましょうか」

「あるといえばあるし、ないといえばない」

「はて、ようわかりませぬな」

「借りたい金額に見合った質草かどうか、自身で判断できぬということさ」

「なるほど」

「じつはな、知りあいに聞いて参ったのだ。御家人株を質草にすれば、いくらでも金を貸してくれるとな」

「ご冗談を」

ふほほと、番頭は梅干しをふくんだように笑い、やにわに、三白眼《さんぱくがん》で睨みつける。

「手前どもはただの七つ屋。御法度に手を染めるわけにはまいりませぬ」

「ふん。裏でやっておるのだろうが」

「失礼ながら、お武家さまは御家人で」

「いいや、旗本だ」

「あれまあ」

番頭は大袈裟に驚いてみせ、頭を振った。

「旗本ではだめか」

「仮のおはなしをいたしますれば、お旗本でもお貸しできます。ただし、お役目によりましょうな」

「ほう、貸してもらえるのか」

「ここだけの話にしていただけますか」

番頭は格子戸に顔を近づけてくる。

蔵人介も近づけた。

「約束しよう」

「御拝領の御屋敷がございましょう」

「ふむ、あるな」

「それが、質草のかわりになりまする」

「なるほど。浄瑠璃坂を登ったむこうに二百坪ほどあるぞ」

「それは建物で」

「敷地だ」

「また、ずいぶんとお小さい」

「だめか」

「お貸しできる金額にもよります」

「せいぜい五十両程度のことさ。なんとかせい」

「かしこまりました。ただし、肝心のお役目をお訊きしないことには」

「それか」

誰かが御家人株を買うということは、従前の役目や地位を引き継ぐことをも意味する。本人の実力が抜きんでていれば出世もできるだろうし、閑職に追いやられてしまうこともある。いずれにしろ、株を売ったあとのことは七つ屋には関わりない。

「お武家さま、おこたえいただけましょうか」

「御膳奉行じゃ」

蔵人介が胸を張ると、くくっと失笑が洩れた。

「申し訳ございませぬ。お毒味役はご勘弁願っております」

「なぜ」

「買い手がおりませぬ。念願叶ってお城にあがった途端、毒にあたって死にとうはないというわけで。まことに失礼ながら、潰しが利かぬ唯一の御役目と申しあげてよろしいでしょう」

蔵人介はがっかりしたが、金を借りるのが本来の狙いではない。

もう少し、粘ってみようとおもった。

「わしは矢背蔵人介と申す。矢背家はなかなか由緒ある家系でな。ま、調べてもらえばわかるが、禁裏《きんり》にも繋がる家系じゃ」

「はあ」

「まあよい、主人に伝えておけ。金を貸したくなったら、使いを寄こせとな」

「かしこまりました」

番頭は慇懃《いんぎん》な態度で応じ、お辞儀をしたまま頭をあげようともしない。

帰れということなのだろう。

わずかな希望をのこし、蔵人介は格子戸に背をむけた。

七

数日後、蔵人介は『駿河屋』の宴席に呼ばれた。
――また、鮪を食べにいらっしゃいませんか。
それは狡猾な誘惑にも感じられたが、深くも考えずに招きを受けた。
浮世小路の料亭に足を運んでみて、誘惑に乗ったことを後悔した。
招かれた客は何人もおり、ほとんどが顔見知りだったからだ。
串部は使いに詳細を聞いていながら、何ひとつ告げなかった。
告げられていたら、足を向けなかったにちがいない。
狡賢《ずるがしこ》い串部には、それがわかっていたのだ。
どうしても、鮪を食いたかったにちがいない。
「串部め」
宴席の主賓は梅本主膳《うめもとしゅぜん》という御膳所台所頭だった。
百四十人からの数を束ねる頭取であり、二年前、潮田藤左衛門に引導を渡した張本人にほかならない。

会話を交わしたことはなかった。

醜く肥えた外見どおり、憎たらしい男にみえた。

宴席で隣同士になったのは、おなじ鬼役だ。

喋り好きな桜木《さくらぎ》兵庫《ひょうご》である。

顔をみた途端、溜息が洩れた。

「ほほ。矢背どのもみえられると聞いて、楽しみにしておりました。ここは笹之間ではござらぬ。たまには、はめを外しましょうぞ」

応じる気力も湧かない。

ひたすら、注がれた酒だけを呑みつづけた。

鮪も食したが、前回のように美味いとは感じなかった。

ところが、宴席にやってきた意味は大いにあったのである。

「矢背どの、鬼役のわれわれを招いたのが誰か、ご存じですかな」

「駿河屋でござろう」

「いいえ。駿河屋に質したところ、梅本さまだと申してました」

「なぜかな。拙者は挨拶を交わしたこともない」

「拙者はござりますぞ」

抜け目なく、まっさきに挨拶も済ませたという。

「なにせ、梅本さまは知行《ちぎょう》取りの御大身《ごたいしん》、ご出世なさるお方やもしれませぬからな。ぐふふ。おそらく、取りまきを増やしておきたいのでしょう。ゆえに、われわれも呼ばれたのでござる。聞いたところによれば、三日にいちどはこうした宴席をもうけ、順繰りに御膳所の連中を呼んで馳走しているとか」

「よく金がつづくな」

「金の出所は駿河屋だけではない。ほら、梅本さまに酌をしている猪豚《いのぶた》のごとき商人がおりましょう。あれは門前屋重五郎と申しましてね、神楽坂に蔵を構える七つ屋なのだが、なかなかどうして、ただ者ではない」

「ほほう」

蔵人介は驚きを抑え、重五郎を睨みつけた。

「かの門前屋、打《う》ち出《で》の小槌《こづち》との評もござる」

「ふうん」

「ここだけの話、大名貸しまでやっておるとか」

「まことか、それは」

「ええ。お相手は駿河屋御用達の沼津藩でござる。七つ屋ごときが大名貸しに手を染めれば、厳しく罰せられます。ゆえに、駿河屋と組んで秘かにやっておるとか。悪党でござるよ、かなりの」

梅本と門前屋は、さきほどから談笑を交わしている。

狐と狸が雁首《がんくび》をならべ、良からぬ相談をしているようにもみえた。

「沼津藩のご当主と申せば、ご老中筆頭にあらせられる水野出羽守《でわのかみ》さま。公方さまのご信頼もお厚く、幕閣には逆らう者とてござらぬ」

殿様の威光を笠に着て、江戸家老も留守居役もやりたい放題、少々の不正をやっても罪に問われることはない。ゆえに、素姓の怪しい連中が黄金色の好餌《こうじ》を携えて近づいてくる。おそらく、門前屋もそうした連中のひとりにちがいないと、桜木は指摘する。

水野出羽守忠成は老中首座となったのち、貨幣の改鋳《かいちゅう》と鋳造を頻繁《ひんぱん》におこなった。金の含有量が少ない粗悪な貨幣を増産しつづけ、幕府に六十万両余りの増収をもたらしたのだ。

その功績によって、沼津藩は二万石の加増という褒美を得た。だが、貨幣の改鋳は逼迫《ひっぱく》する幕府財政を好転させるものではなく、付け焼き刃の打開策でしかなかった。

施策の音頭をとったのが、金座《きんざ》支配の後藤三右衛門《ごとうさんえもん》である。

「じつを申せば、かの門前屋、以前は後藤三右衛門の下におった人物だとか。それがまことならば、今も尻尾が繋がっているやもしれませぬ」

大物の名が飛びだすたびに、蔵人介は妙な気分になった。

門前屋は大商人でも両替商でもなく、ただの七つ屋なのだ。かえって、それが隠れ簑《みの》になり、藩ぐるみの不正をおこなうには都合がよいのかもしれない。

ただ、蔵人介は巨悪に目をむける気もなかった。

佐川殺しの真相と阿多福の正体を知りたいだけだ。

宴もたけなわとなったころ、桜木兵庫が厠に立った。

それを見計らっていたように、若い者が膝を寄せてきた。

別室へご足労願えまいかと、耳打ちしてくる。

蔵人介は尻をあげた。

長い廊下を渡って誘われた別室に、門前屋重五郎が待っていた。

「お初にお目に掛かります。ささ、どうぞ、上座へ」

蔵人介が座布団に落ちつくと、重五郎は肥えた腹をたぷつかせ、酒を注ごうとする。

「いや、けっこう。用件を承ろう」

「されば。手前どもの店へ、わざわざお越しいただいたそうで」

「番頭に聞いたのか」

「はい。じつは、お役に立てればと思いましてな。駿河屋さんにお頼みして、矢背さまを今宵の宴へお招きさせていただいた次第で」

「なるほど、梅本主膳どのではなく、おぬしが招待したのか」

「さようで」

「わからぬな、貧乏旗本に金を融通してくれるのか。いったい、どういう風の吹きまわしかな」

「さるお方のご紹介にござります」

「誰だ、金座支配の後藤三右衛門どのか。それとも、後藤どのと繫がっておる碩翁さまあたりか」

「ふほほ、勘がおよろしいことで」

「ほう、碩翁さまとも繫がっておるとはな」

すべては金だ。金が取りもつ腐れ縁にすぎぬ。

「あなたさまは恩を売っておいて損のないお方だと、伺いました」

「気に食わぬな」

「されば、このおはなしはご破算《はさん》になされますか」

ぐっと睨まれ、蔵人介は片眉を吊りあげた。

「わかった、わかった。はなしをつづけてくれ」

「五百両までなら、質草なしでご融通いたしましょう」

「身分を質草にはできぬぞ」

「承知しております」

「五百両が返らぬとなったら、どういたす」

「用心棒にでもなっていただきましょうかね」

「なるほど、それもわるくない。阿多福の面でもつけるか」

「ふっ、そうした噂を流しておる輩がおるようでござりますが、手前は怪しい者を雇ってなどおりませぬぞ」

「どうだか。まあ、それはそれとして、五百両と申せば大金。条件なしでは、怖くて借りられたものではないな」

「お噂どおり、生真面目なお方でいらっしゃる。されば、いかがでござりましょう。

何か不測の事態が生じ、五百両をお返しいただけぬときは、手前の愚息を養子にもらっていただく。この条件では」

不測の事態というのが、蔵人介の死を意味しているのはあきらかだ。

もしや、碩翁に殺しを依頼されたのではあるまいか。

命を狙われる理由なら、なくもない。

何度か、刺客になるのを拒んだ経緯があった。

「門前屋、わしの倅《せがれ》はどうなる」

「生涯、遊んで暮らしていただければよろしい」

「貧乏旗本の当主になってどうするのだ」

「お家の由来をお聞きいたしました。なんでも、天皇家の影法師と言われたほどの由緒あるお血筋だとか」

「それか、目当ては」

「はい」

「今は見事に没落しておるぞ」

「がゆえに、買いどきなのでございます。まさに、五百両で千年のときを買うようなもの」

「ふっ、おもしろいことを抜かす」

志乃が聞いたら怒り心頭に発し、鬼斬り国綱を握るところであろう。

だが、蔵人介にとって金を借りるのは方便《ほうべん》にすぎない。

知りたいのは、佐川又三郎が斬られた理由だ。

「よし、呑んだ」

「ほ、さようで」

すんなり事がはこんだので、重五郎は少し驚いている。

「わしが死ねば、矢背家はおぬしのものだ」

「ふふ。まかりまちがっても、そのようなことにはなりますまい」

重五郎は、意味ありげに笑う。

蔵人介はみずから、罠に嵌《は》まった。

八

翌夕、観音の辰の使いが訪れ、神楽坂の番屋までご足労願いたいという。

胸騒ぎをおぼえ、孫兵衛の身に何かあったのかとおもえば、どうやら違うらしい。

なんでも、若宮八幡宮の縁日で盗みをはたらいた浪人者が蔵人介の名を口にし、助けを求めているというのだ。

番屋に足をむけてみると、潮田藤左衛門が猿轡《さるぐつわ》を嵌められ、後ろ手に縛られていた。

辰造が媚《こ》びたような顔で、ぺこりと頭をさげる。

「お殿さま、わざわざお呼びたてして申し訳ねえ。この野郎がわめきやがるんで」

「猿轡を嚙《か》ましたのか」

「へい」

「外してやれ」

「お知り合いなんですかい」

「世話になった御仁だ。盗みなどはたらくわけがないわ」

辰造が猿轡と縄を外すと、潮田は米搗《つ》き飛蝗《ばった》のように謝った。

「矢背さま、申し訳ござりませぬ。このとおりでござる」

蔵人介は閉口しながらも、辰造を睨みつけた。

「何が盗まれたのだ」

「へい、縁起物の招き猫だとか」

「潮田どのをどうして疑った」

「香具師の連中が捕まえたんでさあ」

「盗ったところをみた者は」

「そういや、誰もいねえな」

「なのに、縄を打ったのか」

「だって、風体が怪しいでしょう」

「どこが怪しい。ただの浪人者ではないか」

「そうですかい。なんだか臭いますぜ。おお、臭え」

「辰造。おぬし、どうするのだ」

「へ」

「罪も無い侍をしょっ引いたのだぞ。つまり、岡っ引きの分際で侍を虚仮《こけ》にしたわけだ。潮田どのがこれこれしかじかと訴えれば、おぬしは十手を取りあげられよう。それどころか、斬首《ざんしゅ》になるやもしれぬ」

「げっ」

辰造の顔から、さあっと血の気が引いた。

潮田は冷静さを取りもどし、にっこり笑う。

「矢背さま、おかげで誤解を解くことができました。もうけっこう。このまま帰していただければ訴えはいたしませぬ」

「さようか。そうしてもらえると、ありがたい。のう、辰造」

「へへえ」

こんどは辰造が米搗き飛蝗のように謝る番だ。

蔵人介は潮田の袖を引き、早々に番屋を出た。

「さて、どうします。父の小料理屋に連れていってもよいが」

「いいえ、それはまたつぎの機会に」

「それなら、屋台で一杯」

「飲《や》りますか」

「よし」

坂下の四つ辻に「天麩羅」と書かれた屋台をみつけ、ふたりは暖簾を分けた。

客はおらず、白髪まじりの親爺が湯を沸かしている。

「親爺、酒をつけてくれ」

「へい」

天麩羅《てんぷら》も適当に頼み、さっそく出された酒を立ったまま呑む。

「ぷはあ、美味い。いかがかな、矢背さま」

「たしかに、こうした気分のときは、不思議と安酒のほうが美味い」

からだが温まってきたところで、蔵人介は水をむけた。

「とんだ災難にござったな」

「まったく。一時はどうなることかと」

「潮田どのともあろうお方が、なにゆえ、盗人騒ぎに巻きこまれたのかな」

「縁日の床見世を素見《ひやか》しながら散策しておりましたところ、突如、騒ぎが起こり、気づいてみたら、わっと大勢が背中に覆いかぶさってきました。手足を押さえつけられ、顔を地べたに擦りつけられましてな、いやあ、驚きました。人間とは弱いもの。ああされてしまうと、いささかも抵抗できなくなる。情けないはなしでござる」

「考え事でもしておられたのでしょう」

「そうだったのかもしれませぬ」

「盗まれたのは、招き猫だとか」

「ええ。招き猫は福を招くというが、拙者はどうやら不運を招く星の下に生まれたようだ」

「何を仰る」

「そもそも、侍にはむかぬ男なのでござる」

「潮田どの」

「ご案じめされるな。悲観はしておりませぬ。運命は運命として受けいれる。それくらいの経験は積んでおりますから」

蔵人介は酒を注いでやり、はなしを変えた。

「先日言いそびれたが、佐川又三郎が死にましたよ」

「ほう」

「驚かれぬな。佐川はたしか、俎板勝負の相手だったやに記憶しておるが」

「いかにも」

「なぜ、驚かれぬ」

「思い出さぬようにしておるだけで。それに」

「それに」

「人はみな、いずれ死ぬ。佐川は拙者より早く死んでしまった。それだけのことにすぎませぬ」

「なるほど」

「矢背さま、このはなしはやめにしましょう」

「ふむ」

蔵人介は、渋い顔で酒を呷《あお》った。

「そういえば、爪は揚げておられますか」

「いいや、あれからまだ一度も」

「さようでござるか」

潮田は、小さく溜息を吐いた。

息子のことをおもっているのだろうか。

「潮田どの、これで二度目だな」

「さよう」

「三度目は近々、父のところへご招待いたそう」

「ありがとう存じます」

「じつは、おぬしのことを宣伝しておいたのだ。近いうちに庖丁名人を連れてくるとな。そうしたら、父は『負けぬ、ぜったいに負けぬぞ』と、鼻息も荒く言い放った」

潮田は、さも可笑しそうに笑う。

「はは、頑固そうなお父上で」

「意気込んで俎板勝負を挑んでまいろう。適当に遊んでやってほしい」

「とんでもない。真剣に挑まねば、お父上を侮辱《ぶじよく》することになる。さような心構えでおったら、本身でばっさりやられそうだ」

「されば、真剣勝負ということで」

「その日が来るのを楽しみにしております」

潮田は腰を折ってお辞儀をし、どうしても今夜だけは自分に呑み代を払わせろと言ってきかなかった。

金に苦しいのはわかっていたが、蔵人介はことばに甘えた。

屋台から抜けだすと、牡丹雪がちらちら舞っている。

「どうりで、寒いはずでござる」

潮田が白い息を吐いた。

おなじ台詞をどこかで聞いたような気もする。

しかし、蔵人介には思い出すことができなかった。

九

彼岸の中日を過ぎると、寒さもようやく和らいでくる。溜池の睡蓮《すいれん》は芽を伸ばし、土手には芹《せり》が萌《も》えはじめた。川面には卵を抱いた鮒《ふな》が泳ぎ、隅田川では木流しの風景がみられるようになる。雪は春雨にかわり、雨は満開の梅の色をいっそう際立たせ、人々は番傘もささずに梅の香に酔いしれていた。

そうしたなか、矢背家にお宝が届けられた。

裏口ではなく、表口から堂々と、しかも蔵人介の留守を狙ったかのように持ちこまれたのだ。

泊番明けで帰宅してみると、志乃と幸恵が紅潮した面持ちで座っている。

面前には千両箱が置かれ、あきらかに蓋を開けた形跡があった。

しまったと後悔しても後の祭り、ふたりには事情を告げていない。

着替えもさせてもらえず、裃のまま畳に座った。

白洲に引きだされた罪人の心持ちでいると、志乃が目尻を吊りあげ、つとめて静かな口調で切りだした。

「門前屋重五郎の使いとか申す者たちが、千両箱を届けにまいりました。なんですか、これは」

「ご覧になられたのでしょう」

「ええ、目の保養をさせていただきました。ねえ、幸恵さん」

「はい、眩《まぶ》しすぎて、長くはみていられませんでしたけど」

ふん、何を申しておる。早く茶でも出せと、一喝したいところを怺《こら》えた。

こちらの心を読みきっているかのように、志乃がぱんと膝を叩いてみせる。

「小判を数えてみたら、きっちり五百枚ありました」

「ほう」

「ほうって、あなたが驚いてどうなさるのです。これはどういうお金か、きちんとご説明していただきましょう」

「借りたのです」

「なんですと」

「千両箱に詰まった黄金をみてみたいと言ったら、門前屋め、酔いにまかせ、質草なしで貸してやろうと豪語いたしました」

「鮪の宴席ですね」

「ええ」

「さような戯れ言、誰が信じますか」

きっぱり言いはなつ志乃に向かって、蔵人介は口を尖らせた。

「しかし」

「黙らっしゃい、このたわけもの」

志乃は怒鳴りあげ、般若《はんにゃ》顔を近づけてくる。

蔵人介の背中に、たらりと冷や汗が流れた。

「お待ちを。養母上、正直にお話しいたします」

「包み隠さず白状しなされ」

「はい」

蔵人介は訥々《とつとつ》と語った。

佐川殺しを目にした以上、真相を見極めねばならぬこと。調べていったら、門前屋重五郎なる悪党に行きあたったこと。悪事の証しをつかむにはこちらから懐中へ飛びこみ、相手を油断させる必要があったこと。五百両を借りる条件として、養子の受け入れを諾したこともふくめて、経緯のあらましを正直に語った。

話を聞き終えて、志乃には納得できる点とできない点があるようだった。

なによりもまず、矢背家の値打ちがたったの五百両というのが気に食わないらしい。

「せめて千両くらいは、ねえ、幸恵さん」

「はい。でも、お義母さま、お金のおはなしではございませぬ」

「承知しておりますよ。家名を質に入れる根性が賤《いや》しい。家長として恥ずかしいとおもわねばなりませぬ」

頷く幸恵を睨みつけ、蔵人介は弁解じみた言い訳をしはじめた。

「ですから、悪事を暴くための方便にすぎぬのです。何も、借りた金で雨戸を取りかえるとか、軒を修繕するとか、屋根瓦を銅葺《ぶ》きにするとか、そういうことではござらぬ」

「使わないのに利息だけがかさんでゆく。そんな贅沢《ぜいたく》は許しませんよ」

「利息はあってないようなものです」

「大金を借りた蔵人介どのの意図が、どうも、いまひとつわかりませんねえ。借りてどうなるというのです」

「はあ」

蔵人介は、肝心な点だけはお茶を濁した。

金を借りた意図は、自身を危険にさらすことにある。

門前屋は蔵人介に恩を売っておきたいと言ったが、やはり、命を奪って家名を手に入れたいにちがいない。だとすれば、早晩、討手を仕掛けてくる。そこは賭けだが、自身の読みを信じるしかない。

思惑どおりに襲ってくれれば、むしろ、ありがたいはなしだ。

討手を返り討ちにし、余勢を駆って門前屋に踏みこめばよい。

悪事の証しを入手し、白洲に突きだすような面倒はしない。

有無を言わせず、重五郎を斬るのだ。

それが、蔵人介の描いた筋書きだった。

筋書きどおりに進めば、借りた金は檀那寺《だんなでら》にでも寄進しておけばよかろう。

いずれにしろ、裏事情を知らぬ志乃や幸恵には、とうてい告白できる内容ではない。

「困ったお方ですね」

志乃がなんとなく、はなしをまとめた。

蔵人介は縛《いまし》めを解かれ、庭で戯れる雀を眺めて過ごした。

縁側で茶を呑んでいると、串部が庭先にやってくる。

「殿、阿多福があらわれましたぞ」

串部は頬を強張《こわば》らせ、声をひそめた。

「昨晩遅く、御膳所台所頭の梅本主膳が斬られました」

「なに」

「楓川沿いの四つ辻でござる。ちょうど、佐川又三郎が斬られたあたりで」

「ふうむ」

「駕籠かきが阿多福の刺客をみました。梅本も刀を抜きましたが、一瞬遅く、阿多福に脾腹《ひばら》を掻かれたとか」

「ひと太刀か」

「はい」

「妙ではないか。梅本は門前屋にとって大事な顧客だ」

「法外な借金を要求していたのでは」

「なるほど、それで門前屋は鬱陶しくなり、刺客を差しむけた。ふうむ、邪魔者はみな殺すというのが、七つ屋のやり方らしいな」

「お気をつけてくだされ。つぎは殿かもしれませぬぞ」

「のぞむところだ」

「阿多福を侮ってはなりませぬ」

「わかっておるわ」

蔵人介はなにやら、腹が立ってきた。

十

くさくさした気分で鰻坂をくだり、歌坂を登りきって逢坂に出た。

この坂まで来ると、きまって悲しい役人の逸話を思い出す。

死んでも恋人の夢にあらわれるとは、なんという未練であろうか。

だが、人はこの世に未練がなくなれば、生きる意味も消えてしまう。

ふと、阿多福の太刀さばきを思い出した。

一尺五寸に満たぬ白刃を自在に振りまわす。

「あの太刀さばき」

どこかでみたような気がするのだ。

じつは、今にして感じたことではない。

阿多福と干戈を交えた夜から、ずっと抱いていたことだ。

もしかしたら、そのとき感じたことの正体を知りたいがために、この一件にこだわっているのかもしれない。

蔵人介は梅の香を嗅いだ。

行き先は神楽坂の小料理屋。孫兵衛の下手な庖丁さばきでも眺めれば少しは気も晴れるだろう。

庚嶺坂をのんびり登っていく。

梅林が風にざわめき、鵯《ひよどり》の群れが飛びたった。

木洩れ日となって差しかけていた夕陽も沈み、唐突に周囲は薄暗くなってくる。

襲うてくるのか。

予感があった。

藪椿《やぶつばき》の叢《くさむら》がかさりと音を起《た》て、鶉《うずら》がよちよち顔を出す。

焼いて食ったら、さぞ美味かろう。

ゆるやかな坂道を行き交う人影もない。

突如、背後に気配が立った。

近い。

「いや……っ」

鋭い気合いとともに、人影が突進してくる。

「くっ」

突きの一撃を躱したが、頬を浅く斬られた。

坂上へ走りぬけた人影が、にゅっと振りむく。

阿多福だ。

「待っておったぞ」

「ふうん、承知のうえか」

面の男を知っているような気がしてならない。

蔵人介は、声を張りあげた。

「面を取れ」

「嫌だね」

「みておる者なぞおらぬ。それとも、わしにみられたくないのか」

「黙れ」

阿多福は腰を落とし、こんどは坂上から突きかかってくる。

「猪口才《ちょこざい》な」

蔵人介は逃げずに身を寄せ、しゅっと抜刀してみせた。

閃光が走る。

「ぬおっ」

男は仰けぞった。

阿多福の面に亀裂が走る。

割れた。

ふたつになった面が足許に落ちる。

男の青褪《あおざ》めた顔があらわになった。

潮田藤左衛門である。

蔵人介のなかで、曖昧な輪郭がくっきりと結ばれた。

小太刀を振るう潮田と、庖丁を握る潮田が重なったのだ。

蔵人介は納刀しながら、潮田に糾した。

「おぬし、七つ屋の用心棒なのか」

「そうだ」

「佐川又三郎も梅本主膳も斬ったのだな」

「ああ」

「なぜ」

「恨みからではない。飼い主に命じられたからには、誰であろうと斬らねばならぬ」

「相手が善人でもか」

「善悪は関係ない」

「それでは、ただの人斬りではないか」

「わしは御上に捨てられ、妻にも捨てられた。ふん、捨てられるのが似つかわしい男なのさ。たとい、相手が善人であろうと斬って捨てる。今は人を斬ることが生きておる証しなのだ」

「外道だな」

「さよう、わしは外道だ。恩のある矢背さまでさえ、こうして斬ろうとしている」

「面を外したら、迷いが出てきたか」

「少しな」

面をつければ、外道になりきることができる。

潮田にとって阿多福の面は、善悪を分ける境界のようなものだった。

「潮田よ、おぬし、わざとわしに近づいたな」

「さよう」

「なぜだ」

「佐川又三郎殺しをみられた。わしの正体に気づいたかもしれぬとおもったからさ。なれど、矢背さまは気づいておらぬ様子だった」

「二度目はどうした。わざと番屋にしょっぴかれ、わしを呼びつけたであろう。もしや、招き猫を盗んだのか」

「ふふ」

潮田は懐中に手を入れ、小振りな瀬戸焼きの招き猫を取りだしてみせた。

「鬼役どのを呼びつけたのはなぜであったか、自分にもようわからぬ。斬るまえにもういちど、はなしがしたくなったのかもしれぬ」

「すでに、わしを斬るように命じられておったわけか」

「矢背さまが借金をしたと飼い主に聞き、罠を仕掛けたのだと勘づいた。なるほど、矢背さまは尋常ならざる居合の遣い手。みずからを危険にさらし、討手を返り討ちにする肚であろうと踏んだが、それでも、やめるわけにはいかなんだ」

「佐川と梅本以外にも、人を斬ったのか」

「斬った、何人も。わしは七つ屋の犬、犬の身分に満足しておる」

蔵人介は気づいていた。

この男は死にたがっている。
斬ってほしい相手を捜していたのだ。
蔵人介は、頬に流れた血を舐めた。
苦い。苦すぎる。
潮田の目が吊りあがった。
「お覚悟」
鋭い踏みこみから、必殺の突きがきた。
これを避けもせず、蔵人介は抜刀する。
「ぬっ」
左肩を浅く裂かれ、強烈な痛みが走った。
だが、小太刀の切っ先は横に逸れ、潮田の巨体が前のめりに倒れていく。
首筋の裂け目から、鮮血が飛沫《しぶき》となって噴きだした。
斬られた瞬間、おそらく、絶命していたにちがいない。
それほど、蔵人介の一刀は鋭かった。
潮田の屍骸は双眸《そうぼう》を瞠り、地べたを睨みつけている。
真っ赤な血は川となり、坂道を流れおちていった。

死人の目は、哀しげにそれをみつめている。

「莫迦なやつめ」

蔵人介は吐きすて、逢坂に背を向けた。

十一

日本橋の十軒店《じっけんだな》や麴町に雛市《ひないち》が立ちはじめたころ、蔵人介は鐵太郎を連れて溜池の馬場にむかった。

もうすっかり雪は溶け、馬場は茶色のぬかるみと化している。

今日は朝から風が強いので、凧糸を握る鐵太郎は必死だった。

「気を抜くな、飛ばされるぞ」

「はい」

空に舞っているのは、あのときの奴凧だ。

潮田もきっと、息子と凧揚げがしたかったにちがいない。

楽しみをあきらめるために、面をつけて人を斬っていたような気もする。

人斬りになれば、あらゆる未練を捨てて生きられるとでもおもったのだろうか。

「愚か者め」

そんなことができるはずはないのだ。罪深い所業を重ねればそれだけ、悩みは深くなるだけのはなしではないか。

背中を丸めた老人がひとり、池畔《ちはん》からゆっくり近づいてくる。

「おうい」

手を挙げる老人の声に、鐵太郎も反応した。

「あ、お爺さま」

「鐵太郎、糸を放すなよ」

「はい」

蔵人介は、われに返った。

「おめずらしい。どうなされたのです」

「孫の顔がみとうなったのよ。わるいか」

「ここがよくわかりましたな」

「凧揚げにいったと、幸恵どのに聞いてな。それなら、溜池の馬場しかあるまいとおもうたのさ」

「なぜです」

「おぼえておらぬのか」

「いっこうに」

「あきれたやつだ。おぬしが鐵太郎ほどのころ、ここでいっしょに凧揚げをしたであろうが。何度も連れてきてやったのだぞ」

遠い日の記憶が、忽然と甦《よみがえ》ってきた。

父の温《ぬく》もりとともに、草の匂いまでが甦ってくる。

「観音の辰が来よった。門前屋重五郎が斬られたそうじゃ」

「ほう」

「肴町の往来でみつかった。首と胴が離れておったらしい。重五郎を乗せて担いできた駕籠かきどもが、一部始終をみておってな。誰が殺ったとおもう」

「さあ」

「面をつけた男じゃ。ただし、阿多福ではないぞ。こんどは、ひょっとこらしい」

「ほほう、ひょっとこまでが人斬りを」

「まったく、物騒な世の中じゃわい。駕籠かきはな、妙なことを口走っておったそうじゃ」

「なんです、妙なこととは」

「重五郎の死に首が喋ったというのよ。借りた金を返せとな」

「死んでも、強欲ぶりは治りませなんだか」

「ま、そういうことじゃ。ふはは」

孫兵衛は豪快に笑い、鐵太郎のもとへ歩みよった。

「そういえば、俎板勝負はどうなった。元御賄吟味役の名人を寄こすと約束したであろう」

「父上、じつはそのことでお話が」

「なんじゃ」

「名人は旅に出ました」

「どこへ、上方《かみがた》か」

「いいえ」

「それなら、陸奥《むつ》であろう」

「いいえ、もっと遠いところへ」

「ふうん、さては臆したな」

孫兵衛は、つまらなそうに空を見上げた。

蒼天には奴凧が踊っている。

「あっ」

鐵太郎が叫んだ。

糸が切れ、奴凧が天高く舞いあがっていく。

そして、すぐさま黒い点となり、青空に吸いこまれてしまった。

鐵太郎は両方の拳を握り、涙目で必死に空をみつめている。

孫兵衛は口をぽかんと開け、瞬きもせずに空を見上げていた。

蔵人介は、微笑仏のような魚左衛門の笑顔を思い出している。

糸の切れた凧が、二度と戻ることはあるまい。

「成仏せい」

孫兵衛と鐵太郎に聞こえぬように、蔵人介はそっとつぶやいた。

二〇一二年七月　光文社文庫刊

図版・表作成参考資料

『図解　江戸城をよむ――大奥　中奥　表向』（原書房）

『江戸城本丸詳圖』（人文社）

光文社文庫

長編時代小説

遺《い》　恨《こん》　鬼役《おにやく》 四　新装版

著　者　坂《さか》　岡《おか》　真《しん》

2022年5月20日　初版1刷発行

発行者　鈴木広和
印　刷　新藤慶昌堂
製　本　ナショナル製本

発行所　株式会社 光文社
〒112-8011　東京都文京区音羽1-16-6
電話（03）5395-8149　編集部
8116　書籍販売部
8125　業務部

ISBN978-4-334-79362-3　Printed in Japan

組版　萩原印刷